彩虹预报员

王选 著

重庆出版集团
重庆出版社

图书在版编目(CIP)数据

彩虹预报员 / 王选著. —重庆:重庆出版社,2023.8
ISBN 978-7-229-17560-3

Ⅰ.①彩… Ⅱ.①王… Ⅲ.①短篇小说—小说集—中国—当代 Ⅳ.①I247.7

中国国家版本馆CIP数据核字(2023)第064294号

彩虹预报员
CAIHONG YUBAOYUAN

王选 著

责任编辑:陶志宏 阚天阔
责任校对:刘小燕
装帧设计:刘沂鑫

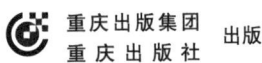
重庆出版集团
重庆出版社 出版

重庆市南岸区南滨路162号1幢 邮政编码:400061 http://www.cqph.com
重庆出版社艺术设计有限公司制版
重庆市国丰印务有限责任公司印刷
重庆出版集团图书发行有限公司发行
E-MAIL:fxchu@cqph.com 邮购电话:023-61520646
全国新华书店经销

开本:880mm×1230mm 1/32 印张:8.5 字数:190千
2023年8月第1版 2023年8月第1次印刷
ISBN 978-7-229-17560-3
定价:52.00元

如有印装质量问题,请向本集团图书发行有限公司调换:023-61520678

版权所有 侵权必究

目 录　contents

青芒 / 1

夜谈记 / 37

穿虎皮的八爷 / 59

归去来兮 / 89

荷马的忧伤 / 109

伤不起 / 135

斑马 / 149

彩虹预报员 / 171

X或x / 197

咸城夜逃 / 219

青芒

"我的妈妈长着一身乌黑的头发……"

我还记得昨晚批改作文，看到这一句时，差点笑翻在地的情景。一身乌黑的头发。简直难以想象，野人都未必如此。我翻过作文本，在封皮上看到"赵弈荨"三个字。中性笔，黑色笔迹，很是稚嫩，但又努力想把笔画写得端正。

赵弈荨，我一时想不起这个学生。班上四十来人，女生近一半，一般的个头，一般的马尾，一般的校服，甚至连说话走路背课文都是一般模样。让人分辨起来，颇是困难。

我握着教鞭（其实是一截梨树枝条，上课时指黑板上的字用），在讲桌上敲了敲，因背诵课文而异常喧闹的教室，犹如煮沸的"饺子们"，瞬间冷却下来，在水中显得茫然和紧张。我故意绷紧脸，装出一副厉害相，说，赵弈荨，你上来。"饺子们"齐刷刷把脸转向坐在第三排中间的赵弈荨身上，并窃窃私语起来，带着几分惊惧和窃喜，惊惧的是下一个不知会叫到谁，窃喜的是至少这一次没叫到。

赵弈荨，鹅蛋脸，白净秀气，扎着马尾，头发黑亮，大眼睛。略显消瘦的身子，穿着校服，似乎有些空空荡荡。她带着几分怯意，走到讲台前。我扫了一圈教室，大声道，接着背课文，看我干吗，我脸上又没字。一瞬间，教室又沸腾起来，冒着白泡，涌着热气。"饺子们"不时翻起眼珠，从课本上面偷瞄一下我。

我从作文本里抽出赵弈荨的，翻开，用教鞭指着那行昨晚笑翻我的句子。句子下面，我用红笔画了横线，异常醒目，甚至刺眼。我说，你读一下。

我的妈妈长着一身乌黑的头发……

她的声音本就很低，淹在了沸腾声里，如蚊虫嗡嗡。

我凑近她一点，问，这句话有问题吗？她低下头，没有回答，扎马尾的红色皮筋上，两只淡蓝色蝴蝶跳动着翅膀，几欲飞起。她平日应是内向的，话少，不喜言笑，更不打闹，亦很拘谨，至少在我来的这一个月里，未曾听过她大声说话，或在教室和其他女生追逐嬉戏。我说，句子没问题，就是量词不准确。我用教鞭头摁住"身"字，说，一身乌黑的头发，那简直是妖怪，最不行，也是村里的黑毛驴。说到这，我想笑，但我得忍住，要在学生们面前装出一本正经。因为别的老师告诫我，你新来，学生在试探你，你和善三分，他们就捣蛋三分，你严肃四分，他们就规矩四分，跟天平一样，你要把握好重量。我又说，头发，应该是一头，不是一身，这句话如果是一头乌发，就合适了，也不知道你妈妈看到这句话是啥心情，你妈妈看了没？她摇摇头。

我把作文本用教鞭钩起，合上，说，一个字不对，来，挨一棍子，把手伸出来。我当然是吓唬她的，仅是轻轻敲一下，以表惩戒。也算杀鸡儆猴，我得给天平的这一端加点砝码。

她把两条胳膊下意识一夹，似乎怕挨打，随后又从衣袖里探出右手，手握成拳头，伸到我面前后，缓缓展开，手心竟然掬着一把莓子。黄亮的莓子，晶莹如玉的莓子，如帽子般的莓子，露着酒窝的莓子，带着甜蜜汁水的莓子，爬满山坡头顶骄阳的莓子……我已多年未见莓子，也未尝过莓子了。从上高中之后，我就离开麦村，去县城上学，到市里上大学，到南方打工，后又参加考试，被分配到镇子上，到中心小学任教，这一晃，十多年，如浮云流水一般，飘然而去，不着痕迹。

老师，给你的。我带着好奇，刚要问，她抬起头，看着我说，我上学路上摘的，想一上自习就送你，但又怕……她把声音提高了几分，仰着脸，看着我，眼睛里满是期待，也有一丝不安。多么清澈的眼神，井水一般。双眼皮，长睫毛。眼睛下方有几粒淡淡的雀斑。我在她的脸庞上，隐约看到了什么，但又说不清。似曾相识，或者恍若隔世。我有些迷糊。

她又把手伸了伸，我回过神，把莓子一粒粒捡到我的手心。有些因挤压，破了，流着汁液。我把一颗放进嘴里，真的很甜，那种久旱逢甘霖的甜，那种站在地埂上看金色麦浪涌动的甜，那种听见玉米林深处有人扎着红头绳唱着小曲的甜。我抬头，扫了一圈教室，"饺子们"咕噜噜翻滚着，眼神里带着嬉笑、好奇和不解。他们定然会在课后当新闻一般传播：赵弈葶给老师送了莓子，老师还吃了。

我突然想问，你妈妈叫什么名字？我也不知道为什么要问，但定然不是因为这个句子。但又没问，只说，去洗洗手吧。

此后，我对赵弈葶多了几分亲近。不仅是因为那掬莓子，还有一些说不出来的感觉。对她的作文，我修改得很是仔细。上课时，也常去看她，用眼神提醒她认真听讲。下课后，也会多问一句作业的事。她依然有些胆怯，看我时眼神飘忽，说话声音也很小，不时低下头，用手扭拧袖口。也不大去走动交流，或自己翻书，或看别人戏耍，一副心事重重的样子。

我问过数学老师关于赵弈葶的情况。她也印象不深，成绩中等，没有特点，反正就是普通甚至常被忽略的那种学生。只是说，有次她填学生信息，记住了赵弈葶是木槿村人。她舅妈也是木槿人，她去过，那个村种有很多木槿，每至盛夏，木槿花开，一朵一朵呈喇叭状，紫色如云，极是好看。所以，她记住了赵弈葶是木槿村人。

木槿村……我做着教案，心不在焉。猛然想起年少时的事，虽已过去很多年，但依然如鲠在喉，让人心神难宁。

我十岁时，父亲尚且在世，工作于陇山林业站。因林业站离麦村远，父亲多是一两月回来一次。父亲不在，母亲又管不住我。很多时候，我都是信马由缰，掏鸟摸鱼，爬山凫水，偷瓜溜果，可谓是无所不干，直搞得村里人人喊打，处处提防。大人们教育小孩，总以我为负面教材，且不让跟我往来。于是，很多时候，我没有玩伴，很孤独，只能独自一人在山野里玩耍，逮野兔，捉山鸟，钻山洞，逛密林。实在无聊，偶尔去宕叔那闲游一圈。宕叔是光棍，一个人在果园边盖了间仅能容身的土坯房，一则看护果园，二则打发日子。

宕叔说来跟我家还是亲戚。他祖父跟我父亲的祖父是堂兄弟，如此算来，我们是一个祖先。据说，宕叔年轻时是画匠，手艺精湛，很有名气。我们西秦岭一带，村子大多喜欢修庙，庙里供奉神仙，墙壁上多画图案，这种图案叫水陆画。水陆画多是佛教道教方面的人物画，如佛、菩萨、缘觉、祖师、明王、护法诸天、天王、力士、夜叉、飞天，还有天人阿修罗、山岳江海诸神、玉皇、三清、先圣、天道轮回等等。不过我们这里的庙，所供神仙权小位低，自然不能画佛祖菩萨之类，只能画画十殿阎君、天道轮回，或者八仙过海、二十四孝，最大也就玉皇大帝、四大天王。一般起到警示震慑作用，让乡邻们弃恶扬善。

很多时候，宕叔都在外面画画，一年难得回来几次。有一年，具体哪年我也模糊了，宕叔从外面带回来一个女人，女人倒很漂亮，瓜子脸，水蛇腰，胸大屁股圆，走路扭得欢，馋得村里男人口水衔不住。宕叔对外宣称，这是他的媳妇。宕叔手头有钱，不到半年，起了新房。日子也和那女人过得顺风顺水，颇让村里人羡慕。不过一年后，村里来了几个陌生男人，说是宕叔勾引了其中一人的女人，今天来要抢回去。那些人在宕叔家凶神恶煞一般，打闹了一番，还说宕叔跟那女人睡了大概四百天，一天五十元，共两万元，要宕叔赔偿。

宕叔新修了房子，哪有钱赔。最后，村里人实在看不过眼，聚在一起，提着铡刀斧头，把那帮人赶跑了，宕叔才得以脱身。事后，大家才知那伙人就是利用那女人，专门讹人钱财的，上当受骗的不止宕叔一个。但这事对宕叔打击太大，让他在麦村颜面尽失，抬不起头，从此，慢慢沉默了，颓靡了，像他果园的苹果，干瘪了，蔫掉了。至于那新房，他倒让给别人，换了笔钱，供自己花销。他从村里搬了出来，住进了果园。

村里人很多时候都把宕叔忘了，如同没有这个人。只有我在每年花开时节，或果子成熟之际，会想起宕叔，便去找他。我们坐在他昏暗狭窄的屋里，他熬罐罐茶给我喝，我说村里的事给他听。他那巴掌大的屋里，四面墙壁画满图案，不过这次是佛祖、菩萨、飞天、力士、供养人等。密密麻麻，跟进了寺庙一般。想必是刚画完之际，色彩明艳，富丽堂皇，恍惚之间，还能听见佛祖弘法，梵音袅袅，仙乐飘飘。只是再看屋顶，泥土掉落，树枝横斜。屋内一方土炕，炕上被褥凌乱。这一切，似乎又很是怪诞。

我问，画这些干啥？

宕叔把茶滗进杯子，说，图个心静，求个心善。

当然，父亲从林业站回来，我自然是不会去宕叔那里。一来怕挨父亲揍，二来表现乖巧一点，还能从父亲手里挣几块钱。这段时间，我自然是极为懂事，母亲横加指责，我也逆来顺受，不敢反抗，以防她告状。

有一年暑假，父亲回来了，还带着两个人。一个中年人，年龄和父亲相仿。一个女孩,看着跟我差不多大小。父亲介绍说,这是他同事,一个站里的,也是护林员,姓李,让我叫李叔。女孩是李叔的姑娘,今年十一。这段时间单位轮休假,父亲和李叔关系好,便邀请他带着姑娘来我们家住一段时间,散散心。

李叔来后,和父亲在村里走走转转,或去镇子上赶集,或在山里挖点盆景,或组局喝个小酒。两人在一起十分惬意。父亲说,李叔还是他的救命恩人。有一年,他俩进山护林,那时盗林伐木很猖狂,三五一伙,趁天黑,潜入林中,半夜下手,砍伐后直接送出山,拉进木料厂卖钱。对此,林业站也加大了护林力度,两三人一班,打着手电,夜间巡查。大多盗伐人员胆小,手电晃几下,吆喝几声,便逃之夭夭。但有一次,听见锯子声,父亲和李叔大喊几声,咒骂几句,没有声息,以为那伙人跑掉了。他们准备过去看看,父亲走在前面,李叔跟在后面。月光下,啥都影影绰绰,看不清楚。突然,砰一声巨响,父亲只觉得浑身好几处地方犹如火燎一般,接着是钻心的疼,他一摸身上,热乎乎的黏液沾满手指,浓烈的血腥味弥漫开来。在他倒下的一刻,隐约看见两个黑影,在树林中一闪而过。他们朝父亲开了一枪,老土枪,散弹四面铺开,打穿了树叶,打折了枝条,打破了树干,也钻进了父亲的大腿、腹部等地方。李叔撕烂自己的衣服,给父亲扎住伤口,本想回去叫人,又怕林里有熊出没,只得背上,摸着黑,一步三拐,走了一个多钟头,终于回到站上,连夜送去了医院。父亲说,要不是你李叔,我不是流血过多,就是喂了熊，你个兔崽子，还不过来给李叔敬酒。我赶忙端起酒杯，捧到李叔跟前，毕恭毕敬，说，谢谢李叔救了我爸，其实也是救了我，因为没有我爸就没有我。众人一听，哗笑一片，父亲骂我是二杆子。

父亲和李叔成天在一起。李叔自然把姑娘交给我，让我带着玩。父亲拉下脸，凶巴巴说道，不许欺负哦，小心我收拾你，不要带着到处乱跑，有蛇啊啥的，不安全，多向人家请教学习，人家可是班上第一名，不比你，野惯了。我嗯嗯应着，其实心里盘算着带她去哪里玩。父亲又说，人家比你大一岁，你还得叫姐姐呢。我嘿嘿一笑，瞄了一眼，那姑娘也在笑，有些害羞。

姑娘叫李青芒，话不多，我问一句她答一句，我说好几句她才说一句。我想，可能是跟我不太熟悉的缘故吧。

以后的很多日子，我每天故意拿出暑假作业，摆在廊檐下，请青芒给我讲解，其实是做个样子，造个假象，让父亲知道我在学习，也为我一会好去玩耍找个借口。写完作业，我带青芒去池塘玩，她坐岸上，我给她摘一朵荷花，让她拿着。她举着莲花，坐在草丛深处，微笑着看我一头扎进去，扑腾着游泳，把原本碧绿如玉的池塘搅和成一摊黄泥浆。我从泥浆里抬头，看到青草摇曳，荷花摇曳，青芒的脸成了另一朵荷花，也在摇曳。在水里，偶尔能摸条小鱼，捞个螃蟹。我顺手丢到岸上，吓得青芒尖叫。不过现在游泳，我得穿着裤衩，不然不好意思。之前，可是光着屁股下水，不知羞丑的。中午饭后,我们吃西瓜,吃完西瓜,睡个午觉。到四点左右,溽热稍退,我会带着青芒去偷早酥梨吃。我让她在树下乘凉,我把衣襟扎进裤带,翻过地埂,爬进篱笆,钻到别人家梨园,瞅一棵叶茂梨多的树,猴子一般蹿上去,把梨摘掉,从纽扣缝隙中塞进腰里。腰里塞满一圈,鼓鼓囊囊,再潜伏回去。我在袖子上把梨擦擦,递给青芒,她犹豫了片刻,说,偷,怕不好吧。我嘿嘿一笑,说,偷的更甜,你尝。她接过梨,放在嘴边,细细啃着,又说,没打农药吧。我狡黠一笑,说,昨天我刚吃过,这不还活着。青芒笑了,眼睫毛那么长,扑闪扑闪的。

我也会带青芒去野外,捉蚂蚱,捡石头,掰玉米,挖洋芋。玉米和洋芋,烤着吃,味道很香。有时,去葵花林玩耍。金黄的葵花,在头顶闪烁着黄金的光芒,来回滚动,我们仰着头,似乎要融化了。有时,去山丘上摘莓子。金黄的莓子,拇指大小,一颗又一颗,长在地上,像小星星,在草丛里眨着眼睛。草莓叶子有倒刺,容易扎手,我会摘一掬,让青芒吃。青芒一颗一颗捡起来吃,我说,全部放嘴里,更甜。她一把捂进嘴,边嚼边点头,眼睛笑成了一条缝隙,说,真甜,真甜。

这些,于我都是稀疏平常之事,甚至有些玩腻了。因为青芒,我才陪她又玩一遍。不过于青芒来说,每一样,都很新鲜,她平时跟外婆住,在城郊,上学也是。所以这些山野中的事,她都未曾经历。

当然,每次玩完回去,父亲看到青芒要么满脸污垢,要么裙子划破,要么手背有血痂,要么鞋子粘满泥,定然拾掇我一番,说我带青芒乱跑。李叔呢,则在一边打圆场,说让青芒长长见识更好,她胆小,正好锻炼锻炼,让他们尽管去玩,注意安全就行。

有时,实在无事可干,无聊之际,我也会带青芒去宕叔的果园。宕叔不种早酥梨,种苹果、山楂、核桃,不过这些夏天还不能吃。倒是有一棵桃树,结着拳头大的粉桃,我去摘来给青芒吃。我把桃毛擦在手中,趁青芒不注意,在她脖子上一摸,她一惊,笑着来追我,我上蹿下跳,她追不到,蹲在地上喘气,说脖子痒,用手挠。我过去一看,脖子上出了红疹子。我赶忙舀来凉水,脱掉短袖,摆湿,给青芒擦脖子。宕叔那毛巾,黑的如抹布,硬的能立住,青芒定然嫌弃。擦了半天,疹子下去了,但留下一大片红。

宕叔问我,这小姑娘这么漂亮,是谁啊。我故意哄他,说是李叔的姑娘,城里人。宕叔哦着,盯了青芒看了好久。

我想去果园一头捉蚂蚱,但那儿酸刺多,我怕又划破青芒裙子或小腿,回家挨骂,便让她和宕叔坐着说话,我自己去捉。这儿蚂蚱鬼精,捉了半天,手背被刺划破好几处,蚂蚱一只没捉到,一怒之下,我用棍子把那片酸刺和杂草打倒一片,才算解气。折回时,走到不远,几只蚂蚱又喳喳喳喳叫起来,挑衅我一般,我顺手捡起几块土疙瘩抛过去,它们才止了叫声。我骂骂咧咧刚走几步,扑棱棱一声响,一个黑影从我身前掠过,惊得我一脊背冷汗。回过神一看,原来是黑鸽子,扑扇着翅膀,飞到果园一侧的高崖上去了。崖上一个碗口大小的洞，黑乎乎的，那鸽子咕咕叫着，钻了进去。

没捉到蚂蚱，我有些扫兴，主要没能在青芒跟前逞上能，感觉丢人。又说起黑鸽子。宕叔说，前段时间自己来的，一公一母，公鸽子黑毛，母鸽子白毛，最近好像生了小鸽子，咕咕叫个不停，公鸽子常出去找吃的。青芒听着，一脸好奇，问，那小鸽子很可爱吧？宕叔嘿嘿笑着，露出他满是茶垢的门牙。

回去的路上，青芒说这个宕叔怪怪的。我问为什么。她迟疑了一会，说，人，还有屋里。

过了几天，能玩的都玩得差不多了，让我颇感无聊腻歪，我那好于表现逞能的心又不时作祟。我说，青芒，咱给你掏小鸽子去。青芒疑惑地问，小鸽子没爸爸妈妈了，能活吗？我嗨一声，带着几分轻蔑，说，小麻雀、小黄鹂、小燕子，啥鸟我没养过，你放心。

我带上绳子、竹篮，和青芒到了宕叔果园。宕叔不在，不知干啥去了。我带青芒绕到土崖上头，找个崖边，在竹篮上绑好绳子，告诉青芒，我一会从下面爬到洞口，她从上面把竹篮放下来，我掏出鸽子，放进去，她再提上去。我说，一会你就能看到小鸽子了，你猜，小鸽子会是白色还是黑色？青芒显得有些激动，说，我喜欢白色，不过小鸽子可能是灰色。

给青芒安顿好，我来到崖下。爬土崖对我来说，轻而易举，只要有个坑窝，或者有抓手的树枝或草叶，我就能攀上去。不过快到洞口时，没有抓处，稍费了点周折，最后我取出别在裤腰上的铲子，掏了几个坑，脚踩手抓才站稳。站稳后，喘口气，能听见洞里的咕咕声。许是小鸽子听见我的声音，以为公鸽子回来喂食，叫得更紧了。我朝崖上喊青芒，让她把篮子放下来。青芒应了一声，一会，篮子沿着土坡溜了下来。我又喊，抓紧点，我掏了。她嗯了一声。我朝洞里看了看，太黑，一片模糊，只有咕咕声不断。我把绳子缠到一条胳膊上，防止晃荡，抓稳一簇蒿草，腾出另一只手，朝洞里伸进去。我先是摸到了一团毛茸茸的东西，以为鸽子，一捏，感觉不是，又往里伸了伸胳膊，摸到了一团软兮兮的东西，肉肉的，我想应该是鸽子，估计还没长毛，小心翼翼抓了出来。当手从洞中出来的那一瞬间，我被吓傻了，我手中捏着一条黑白相间擀面杖粗的蛇。我尖叫一声，过分的恐惧让我腿一软，脚下不稳，顺势从坡上溜了下来。而最要命的是，我把崖边拉绳子的青芒也扯了下来。

长长的惊叫声撕裂了悬崖，我的眼前一黑，犹如坠入十八层地狱。我什么也不知道了。

……

此后很长一段时间，晚上做梦，我总是有种坠落感。不知从何处落下，平躺着，四肢叉开，旋转着，一直往下沉，往下沉，四周一片漆黑，深渊一般，沉下去，难以见底。我恐惧极了，吼叫着，哭泣着，挣扎着，我担心我要淹死在这无尽的黑色深渊里了。但无济于事，我魇住了，难以醒来。我绝望透顶……

从崖上摔下来后，我是顺着土坡溜下来的，仅是脸上、肚皮腿上，擦破了几层皮，并无大碍。青芒昏迷过去了，怎么也叫不醒。我怕她摔死了，哭嚎着，跑回家，把父亲和李叔叫了来。青芒被连夜送进城里医院了。

送走青芒后，父亲再未回来，应该是直接去林业站了。我也不敢问母亲关于青芒的事。问了，肯定挨一顿臭骂。

我一直担心着青芒，不知她怎样了。每当摸到脸上、身上的疤痕，我就异常悔恨，悔恨在青芒跟前逞能，悔恨带青芒去掏鸽子，悔恨把绳子缠到胳膊上。我朝自己脸上扇巴掌，就算被蛇咬一口，又能怎样，我咒骂着自己，抽打着自己，声泪俱下。

我想，青芒如果活着，肯定恨死我了。这辈子，我可能再也见不到青芒了。

第二年，又是一个暑假。出了这件事后，我收敛了许多，很少去玩耍，也不想去偷偷摸摸、爬山上树了，觉得没意思。我整天坐在院子，看天，发呆。母亲怕我傻掉，总是赶我出去，让我去玩。我出去，最多去宕叔那里坐坐。

宕叔原本高大，但这么多年一则日渐孤僻，心绪不佳，二则自己造饭，得过且过，天长日久，吃不饱，竟显得异常苍老起来，腰身半弓，步履蹒跚，满头灰发，满脸皱褶，常年一件黑布衣，远看，以为是一截枯木。我或许是村里唯一去找宕叔的人了。他还是跟我喝茶，只是茶下得更多，茶水更酽，一时苦涩得让我难以下咽。宕叔把熬过的茶叶倒出来，放进竹篮，在门口晾晒。我问干啥用，他摸摸头，说，近来头昏脑涨，新茶舍不得，只得用这败茶做个枕头，看能清醒点不，要不真就老糊涂了。晒完茶叶，宕叔又开始在四壁画画。之前的画经过烟熏火燎，加之尘土覆盖、遇潮剥落，早已面目模糊。他刮了一层泥，泥干透后，又开始重新画。三面墙壁均已画完，但这次不再是佛祖、飞天，而是十殿阎王，什么秦广王、楚江王、宋帝王等。看着让人感觉阴森森的，很不舒服。我说，宕叔，画这个，骇人得很。宕叔爬在靠窗的墙上用毛笔打底稿，说，不管谁，活着时是忠是奸，是恶是善，是风光是落魄，是富贵是穷酸，是潇洒是卑微，死了，都要去那里过一遭。我笑着说，宕叔，你这迷信，哪有什么阴曹地府。宕叔没有再言语。我看着他正在画的画，很是好奇，问，你这画的谁？过了会，宕叔说，菩萨。我更加好奇，这菩萨端个瓶子、拿根柳枝，跟电视剧《西游记》里的一样，可怎么穿一条大裙子，还蹬个高跟鞋？宕叔望了望窗外，没有回答。窗外，苹果已如鸡蛋大小，但正是极为酸涩之时。

从宕叔家回去，一进院，我听见父亲的声音，我知道他休假回来了。

父亲应是听见我的声音，隔门说，快来，看谁来了。我跑进屋，一时愣住了。是青芒。

青芒长高了一些，马尾也更长了，眼睛还是清澈明亮，嘴角翘着笑，只是脸色比去年苍白。她说，我又来了。我真的没想到青芒还会来，她突然出现，让我手足无措，甚至因想到掏鸽子那件事而满是羞愧和尴尬，我再没敢正眼看她，用脚蹭着地面，不知如何作答。父亲说，愣着干啥，把青芒带外面走走，换换空气，坐了一路车，她晕车不舒服。

我前脚出门，青芒后面跟着。到门外，我一回头，才发现青芒的左腿走路一拉一划。我的心跳到了嘴边，一时紧张，不知该说啥，用手指了指她的腿。青芒很淡然地说，去年掏鸽子时摔的，不过现在好多了，就是走路慢。

青芒成了瘸子。我原本因时间打磨掉的悔恨再次发芽，犹如荒草，生满了心坎。我痛恨自己，真想把自己的腿摔折，但我又怕疼，况且折掉我的腿对青芒的腿来说于事无补。我想到宕叔墙上的阴曹地府，还是等我死了，在那里接受惩罚吧。

因为怀着对青芒的愧疚之心，平日里我对她很照顾。当然，我已不再领着她去山野疯玩。我们仅是在路上走走、在山顶看看远方、在树下乘乘凉，或者我给她摘一束野花、编一只蚂蚱笼。除去游转，我们在家学习。我把地桌搬到院子梨树下，各坐一边，或写暑假作业，或看书，或互相提问、默背课文。去年以来，我不再贪玩，成绩也从倒数来到了前列，让老师颇为惊讶，说过了个暑假，你是不是重新投胎转世了。当然，还是有很多不懂的题，我琢磨半天，依旧无解，会请教青芒，她也会耐心给我讲解。她送了我一本笔记本，是《神雕侠侣》的，很精美，塑料封皮，上面印有杨过和小龙女。这样的笔记本，我们乡里孩子是买不起，也买不到的。当时电视上正演《神雕侠侣》的电视剧，把我迷住了，成天把自己想象成杨过，把一只胳膊塞进衣服，当做独臂，背上绑根棍子，在家里出没。遗憾的是，没有神雕。我只能把家泪水，嘴唇哆嗦着。她盯着我看了半天，在眼泪夺眶而出的那一刻，她说了句，你不够朋友。而后，哽咽着，转过身，走出家门，朝远处走去。我本想拉住她，但我害怕。我远远跟着。那一天，下着雨，密密的雨打湿了她的头发，打湿了她的衣裙。她在路口站了许久，朝宕叔的果园走去。在麦村，她无路可走。

看着她踩着泥泞进了宕叔的果园，我安心下来。心想等她在宕叔那里避避雨，消了气，我再去请她。

但这一次，我大错特错了。青芒在宕叔的那间土坯屋里出了事。

青芒是披头散发嚎叫着，两只光脚片沾满泥巴，疯疯癫癫跑回来的。我趴在我的屋子窗台上，看着屋檐上滴滴答答的水滴，泪眼一样，不停滴落，内心难过极了。看到青芒跑进母亲的房子，我心里一慌，头昏眼花，想进去看看出了啥事，但我怕见到青芒，终究没敢进去。我只听见母亲惊叫着，说，畜生，雷杀的，死了没地儿埋的，宕虎皮，你怎么下得去手啊，她还是个孩子，禽兽不如啊……母亲和青芒的号啕声，犹如五雷轰顶，把盛夏的天空炸裂了，暴雨倾盆，铺天盖地，我看见河水逆流，田野溃败，闪电击穿了一个人的大脑，大脑里火焰升腾，群魔乱舞，那是十八层地狱……

很快，母亲送走了青芒。

从此，我再也没有见过青芒。她走后，我的童年也就死掉了。

学校让我们上传每个学生的家庭档案。先让学生自己填纸质版，然后我们根据纸质版信息再往电脑上填。第二天，大家交了表，我一一核对，都没问题。翻到赵弈葶的表时，我留意了一眼。住址是木槿村，母亲叫李青芒。李青芒，我当时一愣。突然想起十七年前，那个叫青芒的姑娘。再看年龄，二十八岁。十七年前，我十岁，青芒十一岁，赵弈葶妈妈也是十一岁。这倒让我有些奇怪，也有些疑惑，会不会是一个人呢。

我把赵弈葶叫到跟前，问她，你妈妈是叫李青芒吧？赵弈葶扑闪着眼睛看我，很惊讶我这么问。她说，是呀。那你妈妈给你说没说过一个叫麦村的地方？她摇摇头，说没有。那你妈妈给你讲没讲过小时候的事？她摇摇头，说也没有。我本不想再多问了，可能是我想多了，再说以后开家长会，或许能见到她妈妈。不过我又顺嘴问了句，你妈妈有什么特点吗？她咬住嘴唇，思考了起来，我补充道，不是一身乌黑的头发那种。她迟疑了一会，慢吞吞地说，我妈妈的左腿不好。

我头皮一麻，童年往事如黑白闪电，划过脑海，我看到海面波涛起伏，海浪呼啸。

应该没有错。赵弈葶的妈妈，就是青芒。

随后的一段日子，我心里颇不宁静，虽然事情已经过去十多年，但那些情景依然反复闪现，最后搅和得我心神不宁。而懊悔再一次如荒草，长满心里，覆盖起来，密密实实，如千层网一般罩了起来，勒了起来，让人窒息。我知道，有些事，过多久都是不能忘记的。就算有来生，就算喝了孟婆汤，依然难以忘记，如同胎记一般。

我突然想去看看青芒。不知道为什么，自从有了这种想法，便一直挂在心头，甚至驱使我，如同一双手，推着我必须去。我怕见她。如果当初不要去掏鸽子，不要看她的信，她的腿就不会出问题，她也就不会被玷污。我如同一个罪犯一般，该如何去面对被告人？我有何颜面站在她面前？我又能为她做什么？但那只手又把我往前推了推。去看看吧，毕竟你们拥有过无比快乐的童年，去道个歉，哪怕是被她骂一顿，打一顿，这些年，你背上如同五行山的负担也会轻一点，你心上懊悔的荒草也能漏出一丝缝隙。

有一天，下午放学，我让赵弈荸等等我，一起去她家。赵弈荸歪着脖子，眼里很是疑惑。我说，去家访啊，不欢迎老师啊。赵弈荸嗯了一下，说欢迎啦。

去木槿村的路不远，二十多分钟，不过都是沿梁而行。正是黄昏时分，落日熔金，云层灿烂，远山也如镀金一般，泛着光泽。近处的草木，因沾了暮色，愈发苍翠，甚至呈现出墨色。大片的田地，流转出去，种了药材，诸如半夏、党参、连翘、柴胡等，天色虽晚，但依然有人在田间躬身劳作。晚风吹来，异常凉爽。晚风也把赵弈荸的刘海吹起来，在眼前飘着。恍惚间，我从她的脸上看到青芒童年的样子。夕阳落在她侧脸上，那张秀气的脸，如玉雕一般，就连那几粒雀斑，此刻也闪着光斑，好看极了。我说我帮你背书包。她摇摇头。一路上，我问，她答。她依然话少，内向。但我明显能感到她的欣喜。她是个学习普通的孩子，或许还没有老师这么关注过她呢。路上，一想到很快要见到青芒，我很紧张，甚至焦虑，不知该说什么，我深深出了几口气，以平复心情。

暮色刚落下时，我们到了木槿村。木槿花落了，枝条修长而舒展，挑着孩童的打闹声和狗吠声。门锁着，看来青芒不在家。我的紧张之心缓解了几分，但又开始失望。

赵弈荨踮着脚尖，把锁打开。我们推门而入。院子不大，水泥硬化过，但多处已破裂。墙角一块菜园，种着大葱、辣椒和白菜。房仅有一面，三间，红砖砌成。赵弈荨开了堂屋门，我跟进去，她拿了板凳给我坐，又烧了开水，给了我倒了一杯。她顺手打开灯，借着灯光，我看了一圈屋里。屋子虽是砖房，但盖起后再未拾掇。没有吊顶，椽裸露在外。墙面没有粉，红砖外露，连缝子也没用水泥勾。屋里仅有一张桌子、两把椅子和一个衣柜，显得寒酸。

我问，你妈妈干啥去了？

赵弈荨边掏作业边说，最近一直给药厂挖药材，今天可能也是，挖完还要挑拣。

什么时候回来？

也不一定，有时早些，八九点，有时回来就十一二点了。

那也很辛苦哦。

她铺开作业，说，一天能挣八十到一百元。

那你爸爸呢？

不知道。她啃了啃笔头，犹豫了片刻，说，在城里打工吧，反正我也很少见，偶尔回来一次。

赵弈葶写着作业，我翻着手机，我本想让赵弈葶给妈妈打个电话，说家里来了人，但又放弃了，觉得还是顺其自然，那样我也许会稍微坦然一些。

屋外黑透了，能听见虫鸣四起。赵弈葶做完了一门作业，说，老师，我去做饭，你留下吃吧。我看时间，已经快九点了。我忙说，我回学校吃，不用了。我起身，得回去了，太晚留着不方便，况且也不知青芒何时才回来。

别了赵弈葶，带着失落，我一脚踩进了黑夜的泥水中。

我第二次去青芒家，已放了寒假。我从城里专门买了水果、牛奶、零食等。父亲因病去世后，老家麦村我便再未去过，在城里租了房，把母亲接了过去，给她找了一个公司保洁的活干。

我让朋友把我送到木槿村村口，让他先回，我回去时坐顺风车。路上下了薄雪，车打滑，不好走。前些日子，落过几场雪，阳山化了，阴山依旧白皑皑一片连着一片，大地的补丁一般。西北的冬季，草木枯萎，一片凋敝之景，四野除去白雪，就是一片乌黑或灰白，如火燎之后，留下的灰烬，让人眼涩。木槿花叶子凋零殆尽，只有修长的枝条，戳在空中，空气中也是冰冷透骨的。

我怀着忐忑之心，到了青芒家门口。门半掩着，想必人在。况且天寒地冻的，她也去不了哪里。我在门口跺掉鞋上的雪，整整衣衫，深吸几口气，给自己壮胆，随后，提着礼品进了院。似乎无人，一片寂静。我进屋，屋里倒是暖和，烧着煤炉，炉火呼呼叫着。不见青芒，也不见赵弈荨。炕上躺着一个男人，光着膀子，正在睡觉，没有听见我进来。我走到炕前，问，你是赵弈荨爸爸吧？那人一惊，翻身起来，揉着眼睛问，你是？我是赵弈荨的老师。男人哦哦着，扯了件衣服披在肩上，说，你坐。这是个膀圆腰粗的人，坐起来，一堆肉。两个胸垂下来，比有些女人的还硕大。板寸头，头发稀疏，头皮挤成褶子。脖子短，把头淹了进去。感觉一堆肉上直接摆了一颗脑袋，没有过渡，且那头稍不留神就会掉下来。

他问，你怎么来了？他这么一问，倒显得我来得多余。我从他口气里闻到了一股酒味。窗台确实放着酒瓶子，只剩瓶底一点，也就一两吧。

我又说，我还是青芒的弟弟。

一听青芒，他鼻子里哼了一声，张大嘴，用手指甲抠牙缝里的东西。抠出来了，黑乎乎的，不知何物，他弹到地上，又眯眼咧嘴，用舌头挑牙缝。我看到他那双手，粗大，笨重，指甲很长，缝里满是污垢。挑了会牙，他从褥子下摸了包烟出来，说，抽烟。我摇手说不抽。他一看烟盒，空了，自语道，妈的，没烟了。说着，把一口痰吐进烟盒，揉成一团，丢在了地上。

我莫名地有种悲哀。这就是青芒的男人，赵弈荨的爸爸。哎，她们怎么忍受的。

男人从炕上下来，拖着鞋，去倒水，说，你那姐姐，人没啥本事，脾气倒是不小，嫌我爱打麻将，嫌我爱喝酒，嫌我爱赌博，嫌我懒，嫌我穷，妈的，当初咋不嫌呢，真是个管家婆，让人烦。他倒好水，端到我跟前，我没接，他放桌上，折身回去捅炉子。

我没有应话。我不知道他们的生活，也是个外人，没有评说的资格。但他这么说，让我很不舒服，毕竟他在说青芒。

我正想转身走掉，赵弈莩进来了，说，爸，柴我背回来了。她捡着沾在棉衣上的柴屑，一转头，看到我，满脸惊喜，说，王老师来了啊，我给你倒水。我忙说，桌子上有。她端起水递给我说，到炉子边坐吧，暖和。男人往炉子上搭了一壶水，水珠在炉子上滚动着，噼啪作响，最后冒一缕白气，消失了。他嚷道，赶紧去给我和你老师搞点吃的，饿死了，别跟你那犯神经病的妈一个德行，还愣着干啥，赶紧去啊。赵弈莩有些慌，她定然是害怕这个父亲的，嗯嗯应着，说，王老师，你先坐，我去做饭。

我的悲哀又深了一层，犹如硫酸，漫过了胸口，腐蚀着我的心。

男人从衣柜里又翻出一瓶酒，自语道，啥也干不成，不如喝点酒，来来来，兄弟，你既是青芒的弟弟，又是赵弈莩的老师，亲上加亲，我得代表我自己招待一下你。他说着，拉着我胳膊，推我上炕。不过我咋没听青芒说过她有个弟弟。我说，堂弟。他嗷嗷着，力气很大，抓着我胳膊，像钳子卡住一般。我本不想喝酒，更不想跟他喝。可一则心里难受，二则几乎被他挟持着。我只得脱鞋爬到炕上，盘腿坐在窗户边。炕也不热，温乎乎的。褥子上落满干馍渣。

他拿来两个玻璃杯，一个足以倒三两。他咕嘟嘟把酒倒满，酒沫子溅到了桌上。他搬上炕桌，放好酒，大声喊道，先给我们炒个下酒鸡蛋。赵弈荨在厨房应了声。他鞋都没脱，盘腿坐在炕边，说，来，兄弟，陪我喝几杯。

他端着酒，两口半杯便下去了。酒太辣，难以下咽，我强忍着，抿了几口。他呼呼笑着，你那酒量，简直跟猫喝一样，来来，这半杯干完。说着伸过手来，把酒杯搭在我嘴边，强行灌了下去。他嘿嘿笑着，眼睛陷进了肉里，很是得意。

炒鸡蛋端上来了，我说，赵弈荨，你也吃点吧。她用很是宽大的护襟擦着手，说，不吃了，我再炒个菜。男人挥着筷子，说别管她，你吃吧。话还未说完，已夹了一大筷子，塞进了自己嘴里，嘴角掉出了一块，落在肚皮上，他用两根指头捏起，塞进了嘴里。

他见我量不行，便不再灌，自酌自饮起来。喝到中途，他有些醉了，坐不大稳，嘴角挂着酒水，眼睛赤红，说话也不利索，你那姐，妈的……妈的……不是东西，嫌我，嫌我也就罢了，还不让我动她，摸他妈一下都不行，妈的，老子，老子我娶个女人不……不让动，笑话，她不让动，我他妈打死她……打死她。正说着，一头栽倒，杵在被子上，睡着了，呼噜声起来，犹如杀猪一般。

我下炕，钻进厨房。厨房没有炉子，很冷。赵弈荨正站在板凳上，举着大锅铲在锅里翻炒着。我叫她下来，她红着脸，不好意思。我接过锅铲翻炒，问妈妈呢，她说一大早爸爸就开始喝酒，妈妈骂他，爸爸在她脸上打了两巴掌，妈妈哭着走了，不知道去了哪里。说着她哭了起来，小身子不停抽搐着，像极了那天在雨水里哭泣的青芒，我帮她擦掉眼泪的一瞬，我的眼泪也扑簌簌流了出来。

我问她，妈妈知道我来找过她吗？赵弈荨不住哽咽着，嗯了一声，说知道。

我把菜抄到盘子里，青椒炒土豆丝，土豆丝粗细不一，青椒倒是切得齐整。我说我要走了，牛奶、零食都是给你的。她仰着头，眼泪汪汪，睫毛也湿漉漉的，执意留我吃饭，我说我要回去了，路上不好走。

她送我出了大门，朝我招手。北风把她的刘海掀起来，那一刻，我恍惚看见是小时候的青芒在送我。

雪下大了，白茫茫落下来，笼盖了四野。

我决定不再去找青芒了。人生一世，仓促而短暂，就如我的父亲，消失在了护林的某个夜晚，再也没有出现过。人生一世，有些人的到来和离去，难以强求，有些悔恨注定是终身的，就如胎记，难以剔除。如果非要剔掉，唯有疼痛。

第二学期开学，我已调动了工作。我的那班学生，我再没有机会去告别。赵弈荨我也再未见过，很多时候，我很想她，她的脸庞，她的大眼睛，她的笑容，她的羞怯内向和穿着宽大校服的样子。

我母亲的堂弟在市民政局当领导，春节他来我家看望母亲，说起我的工作，母亲说在镇子上学校当老师，我舅舅一则觉得我当老师实在屈才，好歹也是985毕业，二则他年幼时丧父，家里极端困难，是我父亲拿工资资助他上了大专，毕业分配，如今当上了领导。也算是为了报答父亲的恩情，他决定把我调进城。

在舅舅的操作下，我最终进了县民政局，局长觉得婚姻登记处近来事多人少，特别是离婚的太多，忙不过来，安排我去。我也是颇觉荒诞，我一个学土木工程，修路架桥的，结果当起了语文老师，如今又成了搞婚姻登记的，真是有些魔幻。

就这样，我便进城当起了办事员，每天都和结婚离婚的人打交道。结婚的人，面若桃花，欢天喜地，如胶似漆。离婚的人，撕破脸皮，打骂诅咒，形同宿敌。我真的难以想象，同样的一对人，同样的门，同样的办事员，甚至同样的签字笔，第一次来和第二次来，为何走到这般地步。婚后，他们究竟经历了什么。婚姻，对他们又意味着什么。当然，人各不同，家庭也各不相同，矛盾纠纷、隔阂破裂也各有缘由，如若说来，真是一言难尽，也伤神费脑。

有一天上午，我临时有事，让同事帮我办一下业务。下午上班，同事把上午所办的材料交给我。我检查了一遍，把结婚离婚的材料重新整理一番，准备入档。翻到离婚的一摞登记表时，我猛然看到李青芒三个字，我以为眼花，仔细看，确实是。再看信息，木槿村。是青芒。我一时气压胸口，思维停滞。过了一会，才回过神来。我把表上的电话号码记在手机上。

下午下班，我犹豫了很久，几次准备压下去，都抬起了手机，最后，心里一横，还是拨了出去。铃声响了一阵，我个杀猪的，也卖猪肉，人力气大，也仗义，我觉得我是跛子，身边需要一个强壮结实的人保护，我一直缺乏安全感。后来，我们就在一起了。起初，父亲很反对，觉得以我的相貌，以我的家庭条件，怎么着也不能找个杀猪的。但他拗不过我，他不了解我，我害怕男人，但我需要一个男人能保护我，我曾经被伤害过。只有我知道，这个肥大甚至臃肿的杀猪的能保护我。我嫁到了木槿村。为此，父亲很久不和我往来了，跟断绝关系差不多吧。我跟着这个杀猪的，起初帮他收拾下水、卖肉，日子能过，也积攒了点钱，生了弈荨，我想着日子也就这般过去了，我不求什么富贵，也不奢望什么吃穿，就想着过个平凡人的日子，无风无雨，直到老死，了却此生就行了。后来，杀猪卖肉的生意不好做了，一切都被屠宰场承包了。杀猪的也就失业在家了。过了大半年，他到了城里打工，钱没挣下，学了一身坏毛病，喝酒、打麻将、赌博，回家来，喝点酒，就跟我找事，动手打我，骂我是个跛子，甚至说我不是处了，妈的，他是戳我的痛处，扎我的心窝，我不让他动我了，我讨厌男人动我，我觉得恶心，反感，恐惧。我们过不到一起了，我首先扛不下去了，再这样，我就要疯掉了……

青芒说着，我在她的语气中，听到的尽是无奈和心酸，或许还有对我的拷问，她每说一个字，都如烙铁一般在我身上烙一下。她的生活走到这般地步，都是因为我。如果不是我，以她的条件和品性，定能找一个帅气精干、爱她疼她、家底殷实的男人。我真是欲哭无泪，只能听着，就像遭受烙刑一般。但她说得又风平浪静,好像都是别人的事一般。

她又问你呢,这么多年过得咋样。

我说自己上学,打工,分配当老师,如今又登记婚姻,平淡无奇。

她说这样最好,人活得简单点,少点坎坷和波折挺好。又问,王叔和阿姨还好吧。

我说父亲已走了多年了,母亲跟我在一起。

她突然趴在桌上哭了起来,说,有时,我很想王叔,很想去看看他……可他已经走了……

我的眼泪也流了出来,我用纸擦着眼泪,拍着她的肩膀说,别哭了,每个人都会走的,只是迟早而已。

她起身,咬着嘴唇,努力止住哭声,我递给她纸巾,她擦掉眼泪。

我们看着桌上的蜡烛,烛光飘摇,那橘色的火焰,柔软而脆弱,而人,也跟这蜡烛一般,燃尽了,便烟消云散,了无痕迹了,只是存在过,照亮过,而后,谁也不会记得,就像不曾存在过,不曾照亮过。

我们又看着对方,相顾无言。烛光里,一切显得模糊又虚幻,恍惚间,我依然在她的眉目间,看到十一岁的她,坐在我的身边,大眼睛,长睫毛,眼下的小雀斑,身上的花裙子。

这么多年了,我一直想给你好好道个歉,但一直没有机会,我的心里一直压着一块石头,我常年在自责和懊悔中,痛苦不堪。如果不要带你去捉鸽子,你的腿就不会是这样。

如果不要看你的信件,也就不会出那样的事。我常常梦见你,在梦里,总是下着大雨,你走进了迷雾里,我找不见了,我哭喊着,叫着你的名字,在雨雾里横冲直闯,到处寻找,但我终究没有找到你,我把你弄丢了,大雾弥漫,暴雨瓢泼。我趴在地上,长哭不起,最后被雨水淹没了……

你离开后,为了惩罚我自己,为了减轻痛苦,我经常从崖上跳下去,我想把自己的腿摔断,这样,我就能对得起你了,也算是对你的赔偿,至少我心里的痛苦会轻一点,但是,每次跳下去,除了刮破脸,弄破皮,腿总是摔不断,这让我绝望,我恨不得拿起斧头砍掉……

你离开后,我痛恨极了宕叔,他是我的仇人,我不敢杀他,我害怕杀人。那年秋雨很多,一连几天,不得停歇。我冒雨偷偷来到宕叔的屋子后面,把墙基掏空成渠,他的破房子本就不够结实,雨水积在后面,时间一久,就会塌陷。后来,有一天,村里人说宕叔被压死在了屋子里,他的房子倒了,那满墙的画,碎了一地,最终被雨水冲走了,啥痕迹都没有留下……

你真傻……都不怪你……

……

时间很晚了,已是凌晨。

我们从咖啡店出来,街上已空无一人。我问青芒,晚上住哪。她摇摇头,说不知道。

我说那给你开个房间吧。

我们找了家宾馆，登记完，我陪她进客房。我们又说了一小会话，我说，很晚了，你早点休息吧，我回了。

我刚要出门，她一把拉住我的手，钻进我怀里，说，陪陪我。

我抱着她，像抱着一个悲伤的孩子，像抱着另一个遍体鳞伤的自己。她不停哭着，眼泪打湿了我的胸口。我知道，她哭童年的那些伤害，和这么多年的辛酸不易。我也哭了，哭青芒，也哭自己。

我们像两块碎裂的石头，簇拥着，任冰冷的河水冲刷、拍打着我们。我们的泪水，比这河水还冰冷，甚至彻骨。

我没有回去，我陪青芒睡下了。我们挤在一张床上，身子挨着身子，我能感到她的体温和心跳。她转过身，爬到我怀里，把我的衣服轻轻解开了，随后，她又脱掉了自己的衣服。我们像两条鱼，滑进了泥泞。灼热的鱼，潮湿的鱼，悲伤的鱼，鳞片上刻着疼痛的鱼……我们使劲吐着泡沫，濡湿着彼此，我们怕干旱焦渴而死。我听到了细细的风声，从麦村的池塘边吹来，从山梁上吹来，从葵花林里吹来，从地埂上吹来，从山崖边吹来，从果园里吹来……

我把青芒从我的身上推开了。那条鱼终究没有滑进另一条鱼。我已经伤害过你两次了，不能再伤害了。

她在床上坐了许久，穿上了衣服。我也穿上了衣服。

我们坐在床边，看着窗外的月亮。我说弈荸的作文里写到，我的妈妈长着一身乌黑的头发，你看到过吗？

看到了，很有意思，还看到你在下面用红笔画的线。

弈葶真是个好孩子，跟你小时候很像。

只是，哎……

窗外的月亮升高了一些，碧空清朗。但上弦月，终究是残缺的。月亮漂着，微黄，又苍白。虽有几颗星辰陪着，依然孤独。月亮是永远擦不掉的胎记。月亮是此刻我们平静下来的心跳，是我们抚平的疮口，是一丸苦涩的药，是一朵凋零的木槿花。

青芒把头搭在我肩膀上，我们就这样一直坐着。我想，月牙儿，应该还是一枚银钩吧，把我们的往事和心事，高高挂起来，那些往事和心事，被风吹着，撞击着，犹如有人把两颗心拿起来，在互相敲击……

天亮了。

青芒起身，说，谢谢你陪我，我要去国外了，非洲，一个朋友在那里搞二手服装批发，生意挺好，要带我去。我回去收拾一下，后天的机票，就走了。

那弈葶怎么办？

我托付给父亲了，毕竟是他的外孙女，他会尽心的。

猛然间，我心如刀绞。

你多保重，后会有期，有时间多替我去看看弈葶。

她抱了抱我，然后转身，门哐当一声，锁上了，脚步声渐行渐远，最后听不见了。

我趴在窗台上，看到青芒的背影，披着头发，一身黑衣，左腿一拉一划，消失在了人海里。

我突然想起那年夏天。我带着青芒去摘莓子，我摘了满满一掬。我们坐在地埂边,长风呼啸,吹着她的刘海飘来荡去。远山如黛,麦子金黄,苜蓿开花,紫斑蝴蝶在草丛间起伏,绿色昆虫坐在葵花上弹琴。天那么蓝,云那么白。我说我喂你吃,你把眼睛闭上。青芒闭上眼睛,我把一颗莓子喂进她嘴里,她嚼着,说甜。我再喂你一颗。行。我把嘴凑到了她的嘴上。她睁开眼,满脸涨红,就连那几粒雀斑都跳跃起来了。她害羞地低下头,说,你坏。我笑着,故意问她,这颗草莓甜不甜?

她站起来,仰着头,伸开双臂,风把她的碎花裙吹得哗啦啦响,她的刘海飞着,成了一缕云,她说,连风都是甜的……

夜谈记

暮春，飞絮落尽，青杏悬枝。暗夜袭来，山川昏沉，灰鸟在夜色中抖落鸣叫，星辰被昏黄的风吹灭。一些影子，飘荡在村口。

我们坐在堂屋。等着子夜一过，去复三。

二祖父患有糖尿病、高血压，却被突如其来的胃癌在半月之内残忍地夺走了生命。七十有五的人，往日身体还很硬实，在城里给海叔接送孩子上学、跳舞。清明前后回到村里，想和二祖母在老家安度晚年。却不料住了十来天，突然胃疼，难以忍受。拉到城里一检查，竟然是胃癌，随后又送到西安，西京医院一查，已是胃癌晚期，治不好了。最后实在没有办法，天已绝人之路，又回到了天水的医院，勉强维持了三五天，医院看着已经没法救了，便推托着不要人了。

从医院送回老家时，二祖父已经满脸灰白，两腮下陷，瘦得几乎让人认不出了。由于好多天没有进食了，只能偶尔喝一点水，人一直昏迷着，没有一点精力。只有粗重的呼吸声，在紫青的体内发出来，证明着他与这人世藕断丝连的牵绊和不舍。

第二天凌晨两点多,老人家安安静静地走了。

接下来的三天,请阴阳看风水,请木匠来做寿材,请做席的厨师,请外村的"吹响",请村里所剩无几的留守中年打坟。然后是借篷布、桌椅板凳、碗筷等,去城里买做席用的蔬菜和肉等。第三天,亲戚朋友都来吊唁,到了门口,放一串鞭炮,进灵堂,烧香、磕头,请到桌前,坐席。我们这些儿孙,忙忙乱乱,又是招呼人,又是借东西,又是帮着端盘子洗碗。偶尔闲一阵,便坐在灵堂麦草垫成的草铺上,往孝子盆里,给二祖父烧一些冥票,方便他在阴间带着用。

太忙乱,忙得我们都来不及悲伤,来不及让眼泪惦念这离我们一去不回的亲人。

第三天下午,酉时,下葬。我们手握孝子棍,跪在大地上,双膝陷入泥土,看着棺椁一点点放进墓穴,送葬的人,挥动着铁锹,把潮湿的黄土一锹锹撒进坟墓,最后填平,起堆。像大地疼出的一个泡。

我们眼含巨大的悲伤,眼看亲人阴阳两界,再也不会相见,眼泪像河流一般,淌过整个四月,淋湿了这陈旧的山河。

祖父,三祖父,海叔,大伯,三爸,我,几个堂兄弟、表哥,都在一起,等着一起去复三。

复三,即人埋葬后,第二天晚上至第三天子时,孝子和亲人前往坟地烧复三纸,并将下葬时带回去的坟头土,撒在坟地,意为安抚山神土地,使亡人在阴间免遭欺辱。然后将坟地清扫，焚烧纸钱、香蜡，磕头。家乡的老话说：送埋不复三，家里穷个干。返回时，一人高喊：孝子谢孝哩！然后其他人一句话都不能说，直到进村。如果听见有人叫你的名字，也切莫回头，一回头，就不得了了。

祖父盘腿坐在炕上，抽着烟，苍老和孤独让他显得消瘦不堪。那顶戴了多年的藏蓝帽子，也遮不住他眼睛里布满血丝的悲伤。二祖父坐在炕沿上，一条腿搭在炕边。需要用十来万搭桥的心脏，让他无能为力，对日子抱着得过且过的态度。他们老一辈，兄妹数人，已经走了好几个，留下的几个，也多是天各一方，很难相见。

我们其余的人，坐在老槐木板凳上。

二祖母、三祖母、姑姑，在厨房收拾着物件。连着用了三天的厨房，堆满了锅碗瓢盆，三个人，忙了好一阵，才摆放整齐。二祖母把灶台和案板反复用抹布擦了几遍。然后，点上香蜡。在灶台上均匀地撒了一层用竹箩筛过的柴灰，然后，轻手轻脚出了厨房，关了门。今晚，二祖父会回来投灶的。在麻村，一个人去世三天后，要来投灶。这一天晚上，厨房里就不能随便进出了，怕会搅扰到投灶的魂。第二天一早，亲人们会来到厨房。那层灰上，会有一串浅显的痕迹。如果是细密的，就说明去往阴间的路上，逝者的双手是被黑白无常用麻绳绑着的。麻绳细，勒得紧，所以被绑着，是很疼痛的。如果痕迹较为粗大，就说明是铁链烙下的。铁链虽然重，但绑得宽松，人不会受罪。到底用麻绳还是铁链，并不由黑白无常来决定，而在于亡人活在阳世间时，是积德行善还是作恶多端来决定。

堂屋里的香,依旧冒着青烟,在屋里缭绕着,缠满凄切的心绪。蜡烛,亮着,细瘦的火苗,跳跃着,摇曳着,和这人世一般,风一来,说灭,就灭了。

祖父反复叮嘱我们,烧了香蜡,把门关好,就不要再进厨房了。

离复三的时辰尚早,我们闲坐着,说一些无关紧要的话。说着说着,也不知为何,话题慢慢转移到了鬼上。

父亲先讲了一个故事。

很多年前的事了。某个黄昏,暮色落下,像雾,裹住了村庄。一切显得昏暗而朦胧,柳絮在门槛外落下疲惫的身子,山鸟归林,啼叫不止。父亲吃罢饭,闲着无事,就去土生家串门。土生家,在村子正中间,但屋后有一块土崖。崖高,林木茂盛,阴影罩下来,整个院子总是昏昏沉沉。而当时的院里,只能看清人的轮廓。

土生的女人中午和土生吵了一架,转娘家去了。家里只有土生一个人。父亲进院时,土生刚好从快要坍塌的厨房里出来,端着一碗剩饭。他们没有进屋去,怕拉开十五瓦的灯,费电,惹蚊子。便蹲在廊檐下,闲聊起来。

聊了没几句。绑在院子中间大梨树上的黑草驴,突然像受到了惊吓,开始围着梨树一边慌乱地转圈,一边打着响鼻。转了几圈,像有人抽了一鞭子一样,猛一挣扎,扯断了缰绳。浑身战抖着,开始往堂屋里冲。

父亲感到很不对劲，刚进院时，驴还乖乖地站着，毫无异常。就这么说了几句话，突然就挣扎了起来，而且扯断了缰绳直往堂屋钻。也没有什么东西惊吓，也没有发病，究竟是怎么回事？再说，每家的牲口，都是走惯了圈里的，一般不会往人住的屋子里钻。越想越不对劲，而这时，夜色更黑了。他隐约感到头顶一块浓稠的阴影盖下来，草帽一样，遮住了头，让他有些晕晕乎乎。

父亲不由得想起了土生家的房背后。房背后高崖下面，有几口窑洞，平时，土生家在里面装一些填炕用的柴草和干驴粪，再没有人进去。其中一孔窑里，曾经在解放前，土匪造反，把一个女人杀死在了里面。由于死过人，加之在崖下，异常阴潮，人们都说那里太"古气"，不能去，那些窑洞便被披上了神秘和恐怖的色彩。

而正当父亲胡思乱想时，土生已抬起身，冲到堂屋门口，要拦住驴，虽然抓住了缰绳，但这头平日的蔫驴，还在挣扎着，仰着脖子，蹬着前蹄，拧着屁股，骚动不安。

父亲隐约感觉到了什么，虽然没有看见什么，但从驴的反常来看，是有一种无形的东西在骚扰它。到底是什么呢？他想到了那个被杀的女人。一阵恐惧袭来，捏住他的心。他头发端竖，后背发虚。

为了压一压这种恐惧，他问土生，驴咋回事？

土生还在和驴拉扯，顺口回道，没事。

父亲摸出一根烟，别在嘴上，当他掏出打火机，准备点烟时，发现嘴是木的，没有知觉。一摸，嘴皮肿成了鞋后跟，翻撅着，烟没叼住，掉在了地上。究竟是咋回事？嘴突然肿了，恐惧进一步加深，像一把手，在心尖上，越捏越紧。再不能待下去了，冥冥中，他对自己说，要离开土生家。他起身，出了门。土生说，再呆会。父亲隔着墙，抛了句，回了。一阵风一样，逃离了土生家。

在回家的半路，父亲遇见了母亲。她也准备去土生家，找土生老婆串门子。父亲战战兢兢、神神秘秘地拉着母亲，边往回走，边说，别去了，害怕得很。当他们走到我们家门口时，父亲摸了一把自己的嘴，肿胀已经没有了，完好如初。

父亲说完，三祖父也讲了一个。

也是很早以前的事了。那时候，我们还没出生，父辈们也都还很小。有一年冬天，有田祖父去世了。第二天，大家忙活了一天，加之天冷，到了晚上十点多，下起了雪，该回家的回家了，该休息的休息了。

屋里只留下两摊子人坐夜。一摊在地下，围着一张小方桌，游胡玩。炕上也有一摊，游胡玩。老一辈的人，没有麻将，更不会打麻将，扑克也没有。玩耍，一般都是游胡。一扎长，两寸宽的塑料牌，上面印着水浒人物和一些黑色、红色的圆点。玩法跟扑克相似，但具体规则不同。

这一阵，不回家的人，都是要坐夜的。在村里，一个人去世了，得有人坐夜守灵也就是把逝者，在这人世间最后再陪陪逝者，也不至于死后那么孤苦伶仃。

游胡游到后半夜一点多，地上坐的人，冻脚，冻手。冷得不行，全上了炕。炕小人多，大家挤了一圈，轮流玩。但毕竟人多，一个人出牌，几个人围观，意见就难以统一，大家为一张牌喧闹吵嚷。而屋外，雪暗自落着，扑簌簌的声音，在院子里飘荡着、游走着。像一些游魂的脚步在大雪上踩出的声响。雪越落越厚，村庄寂静，被黑夜裹得一丝不漏，只有有田祖父家，屋里亮着毛茸茸的煤油灯盏，偶尔会有一两声游胡人的笑骂，从窗户里窜出来，落在雪里，挣扎几下，像一些鱼，被掩埋了。

靠炕沿边的几个人，为一张牌争执了起来。有人说要先出这张，有人说要出那张。各执一面，互不相让，大家吵吵嚷嚷，弄得真正轮到打牌的人犹豫不决。这时候，一只手从头顶伸过来，抽出一张牌，闷声闷气地说，你娃娃，不会游胡，来，出这张，不就赢了嘛。牌一出手，果然赢了。由于灯盏光线暗，加之烧了几个小时，捻子快烧没了，屋里昏暗不清。人们都把头抵在一起，凑在桌上，看了半天牌，直感慨，这张出得真是好，有水平。这时人们才想起瞅一眼到底刚才是啥人出了这么一手绝牌。一抬头，光太暗，模模糊糊，没看清。再看，有点面熟。眨巴几下眼，定睛一看。我的天啦！人们一声惊呼，看到了恐怖的一幕。

已经去世的有田祖父，活了！从供桌上起来，正趴在炕沿上，在他们背后看着出牌呢。

人们吓得哭爹喊娘，连滚带爬，从窗户里，一涌而出，顾不上快要及膝的大雪，疯了一样吼叫着跑了。

有田祖父死而复活了。而死之前，他一辈子都是个爱游胡的人，而且耍得极好。去世前，手里还捏着一张牌。他复活之后，听见有人游胡，就爬上炕，给别人指拨了起来。

有田祖父活过来的消息，震惊了方圆几十里。

有田祖父又多活了三年。

三祖父一说完，表哥接了一个他们村的事。

这事，是前几年发生的。他们村对面，有一大片树林，很茂密，啥树都有。一到盛夏，树叶子稠得遮天蔽日，人走在林里，一抬头，就像阴着天。从村西头一直走，有条两肩膀宽的路，再走一段下坡路，就进了林子。

林子虽然草木茂盛，但没人去放牧。都不敢，为啥？因为都说有迷魂子。啥是个迷魂子，也说不来，反正看不见，算是鬼的一种吧，能把人搞昏迷。当然，并不是整个林子都有迷魂子，只是在一个地方有。林子中间，有条百十米的沟，两侧是红泥崖，经过林子的路正好在沟里。路的一侧，总是流着一股细如拇指的水。由于阴潮，这条沟里，树木更是繁密，就连地上，都长满了两尺高的野草莓、灯花、牛蒡、薄荷等野草。

正是这段沟里，有传说中的迷魂子。既然是传说，就有人信，有人不信。邻居家张宝三十出头，胆大包天，身强体壮，走路如牛，地动山摇。他是不信这些传言的。

他们家有一块地，正好在林子左侧的边上。要去地里，进林子过红泥沟，是必经之路。张宝从小就要经过林子，去地里给耕地收割的父亲送干粮。走了这么多年，从没发现有个啥迷魂子。所以,每当人们说起,他就嘴一咧,眼一眯,很蔑视地说,你们这些人啊,真是迷信罐罐,我打小就在那路上走,咋啥都没见过?

说完第二天,张宝去耕林子边的地。这时候的张宝父亲已老了,走不动了,务农的事,就全部交给张宝了。那亩地耕了有一早上,结果,被一根洋槐树根把犁头打了。犁头的尖一碎,就没法耕了。没办法,他就回了一趟家借了块。按平时,这地,九点多,太阳刚挑在树尖上,就能耕完。今天一耽误,到十一点,张宝还在地里扶着犁把子转圈子。

到了一点多,张宝媳妇把凉面做好等了老半天了,也不见张宝耕地回来。眼看着快两点了,不见人,也不知干啥去了。张宝媳妇锁了门,准备去地里看一看。

张宝媳妇也听过迷魂子的事,害怕到树林里去。但一想,白天,又是大中午,不会有啥事的。她一个人进了林子。林里树木阴郁,浓密的叶子遮天蔽日。一进去,脊背上猛然间凉森森的,走了一身的汗,一下子干透了。林里,偶尔能听见吊翎蚂蚱滋啦啦的叫声。头戴土黄凤冠的啄木鸟,爬在老杏树上,点着头——帮帮帮——啄着树干。张宝媳妇是没心思看这些的,她还在疑惑着,大中午的,张宝到底干吗去了。

很快就到了红泥沟。远远地,张宝媳妇看见沟底能淹没小腿的草丛里,白花花一片。张宝媳妇揉了揉眼,确实是白花花一片,但又看不出是什么。她一个女人家,本来就胆子小,这时候,心一下子挂到嗓子眼,噗通着,快要从嘴里跳出来了。她咽了口唾沫,给自己鼓了个劲,从路边拾了块土疙瘩，扔过去，没反应。她想着应该不是鬼，鬼早就不见了。说不定是个塑料袋。她两条腿打着摆子，裤裆都湿漉漉的。再往前走了几步，咋隐约看着像个人，白色的像衣服。她捏着拳头，十根指头抖动着，凑了上去。

确实是个人，而且正是张宝。张宝趴在草丛里，一头扎进泥里，鼻子、耳朵里都塞满了泥，一动不动。张宝媳妇一看情况不对劲，赶紧跑回村，叫了人。

人们把张宝抬回去了。大家都说，张宝被迷魂子给迷住了。迷魂子把人一迷住，就走不了路，出不了林，一头栽到泥里，还往自己耳朵鼻孔里塞泥。

你看你张宝，平时大言不惭，不相信有迷魂子，现在吃亏了吧。人们在他家炕头，神神秘秘地说道。

大家讲完这些事，不自觉地往一起围了围。因为是晚上，加之二祖父刚去世，听了一堆鬼故事，难免恐惧。总觉得有东西在背后绕来绕去，或在远处漂浮着。

桌上的香快烧完了，积攒的烟灰，头一低，落进了香炉。香炉后面，是灵牌。"新逝显考王府君之位"，几个字，是祖父写的，苍劲有力，但毕竟人老了，眼花了，个别笔画没有写到位。

海叔起身，续了一炉香，给大家散了一圈烟。

离凌晨还有一个小时。大家议论着刚才的三件事。有的人认为，鬼，世界上确实是有的。还举了一堆村里谁谁看到鬼的事，加以证明。有的人说，迷信，迷信，要半信半疑。

只有八十有五的祖父，盘腿坐在炕上，一言不发，听子孙们唠叨着。直到他把一根烟吃完，丢进烟灰缸，才说，有啥鬼，我活了一辈子，就不相信有鬼，你们都说罢了，我给你们说一个。

那是一九五九年，我记得很清楚。五八、五九年，挨饿，我们这个年龄的人，都经历过，一辈子都记得牢得很，那时候，没吃的，野草吃完了，吃树皮，树皮吃完了吃草根，草根实在咽不下去，扎喉咙，最后吃搓了玉米粒的棒子。石磨上，一磨，磨成粉，烙饼子，又干又难吃，不吃，饿得慌，吃了，胀得慌，那肚子，就跟气管打过一样，圆鼓鼓的，都是透明的了，这还不算啥，最关键的是，上不出来厕所，蹲在坑里，半个小时，出不来，咋回事？烧住了，最后没办法，大人就用竹棍帮着从肛门里往外掏，一掏一颗，硬的，跟石子一样。

说这些，你们都没经历过，想不来。

五九年后半年，十月份，省上有个青年干部提升班，我当时在天水县委组织科工作，还是个年轻人，不到三十。组织上安排我去，三个月的学习。到腊月二十九，就学完了，那时候学习培训，都是扎扎实实，不像现在，走过场，胡日鬼。

培训结束，我就坐了个火车，从兰州回天水，到站已经下午了。走我们这里的班车早已经发了。那时候，这一路，一天就跑一趟班车，还是公家的。没车了，但是死活要回啊。

为啥？明天就是正月初一，过年了，这一月，没三十，二十九就算是除夕，不回去不行啊，我爸我妈，你们叫爷爷、奶奶，太爷、太太，还在家里等着哩。虽然那时候屋里穷得啥都没，但年好歹还是要过的。

当时手里也没啥钱，还是食堂的饭票，节省了一点，走的时候兑了几毛钱。装在身上，一直没舍得花。要回家，也没带啥东西。就到城里的供销社买了两包饼干。我妈和我姑姑，就爱吃个饼干，就觉得饼干是天底下最好吃的东西，嘴里常念叨。饼干买好，装进我背的绿颜色帆布挎包里，就往家走。我们那时候进城、下村，反正干啥都是走，就靠两条腿，练出来了。不像现在的干部，没车，单位的门都出不来。

从城里走的时候，天已经麻黑了。偶尔响两串鞭炮，也没啥电灯，就是煤油灯盏，庄里到处黑乎乎的，也没啥声音，人都饿得不行，哪有力气说话打闹。除夕夜，也不像个除夕夜，冷冷清清的。

回我们家里的路，我走的次数多了，沿着普查沟一直走，最后上山，就到了牡丹，再走，就回家了，大概七十公里。

到沟门的时候，已经晚上十点了。那一晚，有一层云，月亮罩在云里，隐隐糊糊。地上有前几天刚下的雪，路上的基本消了，其余的地方，还糊着薄薄一层。没有风，路上安静得很，连个山鸟叫的声音都没，一路上，光能听见我的呼吸声和脚步声。远处的山，只有一个黑沉沉的轮廓，像野兽拱起的脊背一样，蹲在地上，不动。

进了沟，到一个叫担水台的地方，乏了，想歇一阵。那时候肚子也饿了，从中午，到晚上，就没吃一口，还是早上从兰州的食堂里喝了一碗清汤，一泡尿，就啥都没了。这会，实在饿得不行，胃里空得就像刮风一样。实在忍不住，就把手从帆布包里塞进去，摸一块饼干。想着就吃一块，再不吃，吃了回家去就给我妈和姑姑没送的东西了。一块饼干，放嘴皮上，先舔湿，然后，把边上吃了，再把中间的放嘴里，含半天，化了，才咽下去。实在是舍不得几口吃完。就这样，走一阵，吃一块。吃不吃，心里还要挣扎老半天，最后不由自主，又把手伸进了包里。

那时候胆大，根本不相信有啥鬼，敢走夜路。在担水台，正好有一堆玉米秆，码在一起，上面落着一层薄雪。这时候已经走了好一阵路，乏了。就想着歇缓一阵，再赶路。我把雪拨开，坐下去，靠在玉米秆上，歇着。歇了一会，浑身发冷，那时候，人都是一件破棉袄，时间一长，没火气，不保暖了。再加上是寒冬腊月，人一坐下，不动弹，热量就没有了，浑身冷得不行，冻得牙齿打战。一看玉米秆，心想着，点一捆，烤一阵火，暖和暖和。就站起，把屁股底下坐的一捆玉米秆提了起来。

这一提，哎呀，老天，不得了了。

玉米秆底下，盖着一个死人。月亮底下，看不大清楚，穿着一身黑衣裳，破烂不堪，棉花都在外面翻撅着，一张脸黑得跟锅底一样，好像五六十岁。我浑身一抽，玉米秆一扔，赶紧没命了一样跑了。一想到刚才在死人身上坐了半天，脊背都是麻的，冷也感觉不到了，饿也感觉不到了，光是头低下跑，差点把魂都丢了。

那死人，咋回事？饿死的，那时候饿死人，很正常。人饿死，没棺木装，没力气埋，就丢到野外，找了几捆玉米秆儿，一盖，草草了事。

走着走着，就到了一段上坡路。叫红土坡。我小时候，跟我爷进城交公粮，经过这里，我爷就给我说，这个红土坡，有个老太婆，常年在地埂边站着，走夜路的人，常能看见。

前一阵，受了惊吓，这会基本过去了，走了一大截路，反而不太冷了，身上还冒着一层虚汗。细长的月亮，一阵出来，一阵淹进云里，看啥都是模模糊糊的一个影子。到红土坡，不由得想起我爷爷讲的事，就好奇，想看看到底有没有啥老太婆。但又担心真看到了，就忍着。最后，还是没忍住，一抬头，哎呀，我的神，还真有一个东西，在头顶的地埂上，站着，一动不动。再一瞅，确实是个老太婆，上身穿着斜襟的黑裰子，下面穿个脏兮兮的白裙子，胳膊上挽着一个竹篮，定定在那里站着。

我心里一紧，心想，还真是遇见鬼了。但我就不信这邪，我到底要看看你是个啥鬼，老站在地边上。当时年轻，加上是干部，刚参加过培训，学了一堆唯物论，不相信神神鬼鬼。但一看站着的老太婆，心里多少有点发毛。

我给自己鼓了个劲，决定上去看一看。如果是人装鬼，我要好好收拾一顿，把这家伙腿打断，叫她吓人。如果真是鬼，就会会她，我就不信邪能压正。我顺着地埂往上爬，当时地埂上有雪，脚下打滑，爬上去，溜下来，爬了几次，才上去。手里抓着两把雪水，手背也划破了，热辣辣疼。我捏着两只拳头，咬着牙，忍着呼吸，朝那鬼一点点走过去。近了，模模糊糊的月光下，确实是老太婆，矮个子，站在那里，看着远处黑黝黝的山。再往近走，能看清了。

嗐！啥狗屁玩意，压根就不是鬼，是一大堆野棉花。野棉花秆齐刷刷立着，远远看，像人站着，底下的白裙子，是风没有刮掉的野棉花，挤成一堆，白花花的，远处看，真跟裙子一样。我气得不行，顺手捡了一块土疙瘩，朝野棉花堆砸去。土疙瘩打得野棉花干叶子哗啦啦响了半天。再一想，刚才被这家伙折腾得够惨。便冲过去，一顿手折脚踩，弄了个东倒西歪，一片狼藉。叫你再吓唬人。

过了红土坡，已经是凌晨一点了。

会了会传说中的鬼，心里一下子轻松多了，我哼着提高班刚学来的两首歌，脚底下轻快了很多。刮了一阵风，云散了，月亮出来了。细长的月亮，像银子打的，照在大地上，亮清了许多。尤其照在雪上，光线一折射，有五颜六色的亮点，挺好看。这时候，才意识到肚子咕咕叫了，胃又饿得难受。手又伸进包里，一摸，坏了，一路上为了压惊，饼干吃完了。只有两个空盒子，瘪瘪的，在里面躺着。心想，这下吃完，回去，连点东西都没给家里人带，可咋办，都怪自己的一张嘴，没管住。一路上，难过了好久。

再走，过了几个庄，隐约能听见早鸡打鸣了。听老人说，鸡一叫，就没事了。就算有鬼，也该回去了，何况没啥鬼。

到了虎头山下，实在饿得不行了，恨不得抠一把土，塞进肚子里填一下，胃里空得慌，就像老有一只手要从胃里伸上来，伸出嘴，从外面抓点啥东西进去。能不饿吗？还是早上喝了一碗清得能照见影子的汤，一天再没吃过，就靠两包饼干哄肚子呢。加上走夜路，基本都是小跑着，口干舌燥。这时候一看虎头山，想起我爸以前带着我去看过戏，山上的庙里，有个看庙的马老汉，认识我爸，我们去的时候，他还给我们煮过罐罐茶。实在不行，上山，到庙里讨一口吃的，就算没吃的，要一口水也可以。

一折头，上山。上山，到庙里，路不算长，走起来也就十分钟。一条指头宽的路，两边长着密扎扎的洋槐树。

庙门开着。那些年，人都晚上不关门，敞着。一是人心都好着呢，老实，本分，没有偷偷摸摸的事。再说，要偷，实在也没啥可偷的东西，家家缺衣少吃的，庙里更是没啥东西能偷，你总不能进去把神仙的塑像抱回去吧。

进了门，院子不大，靠北面是庙，东面是一间住人的，都是土坯房，歪歪扭扭，风一大，能刮倒。庙里亮着。我摸到门口，朝里一看，点着两支蜡，快烧完了，还有一节指头长，火苗子跳着。桌上献着一颗蔫苹果，再没啥供品。财神爷端坐着，红脸，烛光一跳，脸一黑，显得阴森。庙里光照不见的地方，落着大块的黑斑。供桌下面，马老汉跪着，跪得直直的，两手合在一起。不知是在念经还是睡着了。

庙里安静极了，一点声音都没。我把手伸过去，在马老汉的肩膀上拍了一下，说道：马爷，我是……

我一句话还没说完，马老汉一回头，看见背后站着一个黑乎乎的东西，啊——叫了一声，当场就翻倒在了地上。

那真是害怕，你们想，平时不见人影的庙里，突然半夜三四点，一个东西拍肩膀，说话，能不把人吓死吗。我把马老汉叫了半天，才叫醒了。跟他说了来由，他才稍微好了点。我把他扶到墙根坐下，他摆手，让我回，我到门口摸黑喝了两老碗水，就走了。后来，我听我爸说，那一次，我把人家马老汉吓出病了，没出隔年的三月，就过世了，我心里过意不去，还专门去烧了纸。

喝了水，肚子像个水桶，走路上，哐当哐当响。我这一路上，也算是惊险。先是被死人吓了，接着没被鬼吓倒，结果人把人吓倒了。

再走了不到一个小时，就回到我们村了。天色稍微亮了一点，东边天和山衔接的地方，浮着一层薄薄的黄光。偶尔有山鸟，在树林里扑拉着翅膀，飞过去，有气无力地叫了两声。

大年初一了。

我进了屋，我爸我妈坐在炕上，一晚上没睡，等着我。灯盏在窗台，发着豆绿的光，马上奄奄一息了。他们一看我回来了，高兴得差点哭了。我放下包，包里是空的。

祖父讲完，又点了一根烟。很淡然地说道，没啥鬼，你看我，走了一晚上夜路，也没遇见一个，按理说那时候饿死那么多人，又是除夕夜，孤魂野鬼应该到处都是吧，但是呢，啥都没。

我们被祖父一路上惊心动魄的故事感染了，七嘴八舌地议论着。

祖父又接着说，平安（我爸的名字）说的那个，其实是这样的，土生家房背后，也就是崖底下，养着一窝蜂，村里人都害怕崖底下，觉得太阴了，不敢去，所以也就不知道有蜜蜂。那会，肯定是蜜蜂在驴身上飞，驴受到惊吓，就乱跑。驴一听声音，以为是蜇驴蜂（类似于牛虻，喜吸驴血），也就吓得乱跑了。你那嘴，也是蜜蜂蜇了一下，就肿了。

你三爷说的，过世的人半夜活过来的事，这个也有，有的人是真死，有的是假死。人一挪动，或者躺着一休息，气接上了，就活过来了，也不算是稀罕事。我记得有人说过，有个地方的人去世了，抬着棺材送葬的时候，有人咋听见棺材帮帮帮响，赶忙叫来哭天吼地的孝子，打开一看，人躺着，眼睛睁得圆溜溜的，棺盖一揭过，人呼啦一下坐起来了。这都是一个道理。

还有许林（我表哥）说的迷魂子，也能解释，不是啥鬼，那林子，太阴潮，树叶、朽草、烂泥常年堆在一起，一腐烂，就容易产生甲烷和二氧化碳，就跟我们前几年用的沼气一样，这东西浓度一高，空气中含氧量就低了，再加上沟里林密，空气不流通，人就容易头晕、注意力不集中，甚至窒息。为啥是中午容易出现迷魂子，就是中午温度高，产生甲烷多。所以，这么一说，就能说通了。

听祖父这么一分析，大家都觉得有道理，心里的疑惑也就解开了。

祖父把烟掐了，一抬头，看墙上的挂钟，已经凌晨过五分了，说，赶紧收拾，时间到了，如果去得迟了，刚去世的人，没子孙来复三，说明没人管，阎王爷会打的。

我们穿上孝衣，准备好香蜡、祭奠用的白酒、铁锨等。

在祖父的带领下，先到大门口、厨房门口、院角几个地方，烧了香蜡冥票，磕了头。

然后去坟地。刚出门，祖父就给大家安顿说，到坟上了，就不要再说话，啥话都不要说，再一个，回来的时候，不要回头，就算听见有人背后叫，也不能回头。我问，为啥？祖父背着手，领着路，说，也不为啥。

路上安静极了。月光清亮，月亮周围，一个紫黑色的圈，是月晕。明天估计要起风了。四月的田野，被夜色包裹，又被月光涂抹，山川都披着朦胧的光泽。我们穿着白孝衣，在月光下，安静地走着，没有人说一句话。二祖父去世后的悲伤，已经犹如大雨初歇，流成了思念，像一条河，在心上一直淌着，不会干涸。

到了坟地，孤独的坟堆，依然散发着新翻泥土的味道。花圈依旧立着，鞭炮皮依旧满地。在二祖父长眠的地方，故乡，似乎还保持着最初的模样。这里，将是我们复三的每个人，长眠的土地，不论时间长短。我们的母亲——大地，生养了我们。最后，我们都要回到泥土，回到母亲的怀里，沉沉睡去。我们每个人，不过是这匆忙人世间的一个过客，用七八十年，五六十年，甚至更短，或是来旅行，或是来受苦，或是走了个形式。不过如此罢了。

  我们跪在二祖父坟前。祖父是不跪的,他是兄长。他拿起铁锨,把坟堆边上的土,铲起,翻倒在坟上,这样转了一圈。海叔放了鞭炮,我们焚化冥票,点了香蜡。祖父提着酒瓶,围着坟堆,奠了一圈酒。

  三叩头,作揖。

  祖父带领着我们,离开了二祖父。月光清明。有魂,在山川、草木、露珠上,甚至一只蚂蚁、一粒泥土、一缕清风里游荡。万物有灵。

  回家的路上,我们没有说话,没有回头。人生倒悬,是无法回头的。

穿虎皮的六爷

在多乐镇，八爷名号，如雷贯耳。

我在镇子西侧戏楼后抽烟。说是烟，其实是把作业本撕成条，枯树叶揉碎，放于上面，蘸着唾沫，卷成棒吸。味道自是辛辣、苦涩，只能过过瘾罢了。几天前，我从父亲处顺手牵羊而来的半包烟，早已消受完毕。最近，父亲有所觉察，烟盒随身装着，我便无处下手。

我躺在麦草垛中，草窝温热，烟雾缭绕，眼前是夕阳无限、倦鸟归巢、万亩葵花盛大绽放之景，让人颇为惬意。我本想吟诗两句，无奈肚腹空空，搜刮半天，除了馊主意，竟无一句可用的诗。正当我郁闷之际，青皮从戏楼边闪过来，黑猫一般，翘着尾巴，挤到我身边，带着神秘且亢奋的腔调说，告诉你一个新闻。我问啥新闻。他从我嘴角拔去烟，别在自己嘴上，猛咂数口，而后长吁一声。我正欲骂他，生儿生女麻利点。他说，八爷回来了。我一听，颇为吃惊，忙问，真的假的？八爷不是传说死了吗？青皮有些得意，摸着尾巴，嘴角一撇，很是淡然地说，八爷怎么能死呢。我又问，八爷在哪？他那破屋里。青皮答。

我从草窝中弹起，一挥手，去看。我头顶的那撮鸟毛，在晚风中飘荡起来，很是激动。在多乐镇，人们或多或少都长着点动物的东西，比如羽毛、尾巴、犄角、蹄子等。而我，就长着一撮紫色鸟毛，若遇到兴奋之事，会翘起来，随风摆动。据说，这是因为我们祖先活着时，捕杀食用过太多野生动物，上天作为惩罚，让我们世代有动物特征，以此为戒。对此，我们也颇感冤枉，我们祖先干的"好事"，却需要我们儿孙承担恶果。不过大家都有这种东西，也就见怪不怪了。

八爷的破屋子，在镇子东边。我们拍马赶到时，房门敞开，屋内已挤满人。大家高声说笑，整个屋子被某种欢快情绪塞满。我和青皮从大人裆下，费尽吃奶之力，终于挤到炕前。中间还不乏被人捅一拳、骂几句。在炕沿边，我们看到一个精瘦老头，须发皆白，满脸黑红，如烤焦的红薯皮一般，左眼闭着，应是瞎了，深陷进去，黑洞一般。右眼睛却是小而极亮，如一粒炭火。老头穿一件老虎皮缝制的大袄坐在炕中间，虎皮显然已穿了许久，毛掉了不少，稀稀拉拉挂着一些，露出了里面暗黄的皮。但那残存的金黄和黝黑的斑纹，依然在昏沉的光线下凛冽逼人，似乎稍有不慎，便有猛虎从皮衣下咆哮而出。这老头应该就是八爷。因为满屋人，唯独他是生人，且坐于中间，被人围着，说一些闲话。

有人嚷着，天黑了，快给八爷开灯。有人拉了电灯绳子，白色节能灯，泉水一般，哗啦一声，泼在了人们头顶。这屋子长期停电，也不知谁临时接通的。屋里亮清了许多。屋里一亮，蛛网、灰尘、烟火痕迹、废弃桌椅，等等，倒能看出无处不在的陈旧和破败，也能看出八爷和人们刺目的苍老。唯有虎毛在灯光里，起了光泽。

说实话，除了那件虎皮大衣让人艳羡外，今日一睹八爷真容，多少有些让人失望。他曾于我们内心深处，如神一般存在，我们用道听途说和四处打问，用零星的记忆，拼凑堆砌起了八爷。他勇猛、威武，无所不能，无所不敢，是我们暗自崇拜的对象。但此刻，这尊记忆中的神，却显得斑驳、破旧，落满岁月之灰。

我们把脑袋伸到前面，打量着八爷。他似乎看到了我和青皮，转身从背后帆布包中拿出一把糖，抛与我们，说，吃糖。又问道，谁家小孩啊？有人说了我们父亲名字。八爷嗷嗷着，说，他们家崽都这般大了，我还记得他们老子当时鼻涕就揩不干净呢。又指着我说，这崽头上长的这撮鸟毛不错啊，将来有出息。我龇牙笑着，被夸奖，满心欢喜。众人顺着话题，说了一番镇上旧事，又感慨起了时光飞逝。我们剥了一颗糖吃，糖并不甜，本欲吐掉，但又不好张嘴。我们现在嘴刁，爱吃巧克力。听了一会大人闲聊，便觉无趣。我给青皮一个眼神，我们从人堆里退出来，又不免一通打骂。我们在八爷房前屋后搜寻了一番，想找点八爷带来的新玩意，但一无所获。只好又趴在窗户上，看着里面的人头和尾巴，交织在一起，像一张网。八爷时而大笑，时而感叹，时而给众人散烟，时而给女人们丢几颗糖。

这一夜，直到很晚，八爷屋里一直人满为患。

有人问，八爷离开多乐镇多少年头了？

八爷掰指头算了一番，说二十三年。感慨道，老了老了真老了，十八年老了我王宝钏。我知道这是秦腔《五典坡》中的戏词，我母亲老爱唱这句，一边唱，一边哀叹自己年老色衰，一边咒骂我父亲毁了她青春，骂完，钻进厨房去给自己做羊肉面皮了。

再不回来，就死在外面了。八爷侧头，捡起落在虎皮大衣上的一段蛛网，小心翼翼，放在窗台，又感叹了一句。

有人问，八爷离开的这些年过得咋样？

八爷沉思片刻，说，一言难尽啊。

接下来的几天，八爷屋里的人总是源源不断，人们赶趟子一般，去了，回了，又去。去八爷那里，一来无事可干消磨时间，二来听听八爷带来的遥远的故事，顺道儿打听一番八爷这二十三年的往事。但对于往事，八爷三缄其口，从不提及，即使设法套话，他也轻易躲避开去，似乎那二十三年不堪回首，甚至不曾存在过一般。人们颇觉扫兴。当然，人们去八爷屋里，还有一个原因，就是能讨点东西，诸如几杯酒、几支烟、一瓶饮料、一个火机、数片狗皮膏药等，甚至几颗糖。但几天以后，八爷也就没有可送之物了，毕竟他又不是开超市的。人们更觉着扫兴了。

于是，不多时日，八爷那里便门可罗雀，很是冷清。八爷也有了时间从炕上下来，从屋里出来，坐在门口一截枯树墩上。虎皮大衣过于宽大，把他套在里面，只有半秃的脑壳露在外面，飘着几缕白发。恍惚间，真以为一只老虎俯卧在地呢。

八爷晒着太阳，扫视着他闲置了二十三年的院子。所谓院子，其实仅是一些残垣断壁，在蒿草间隐约可见，勾勒出一个院子的轮廓。正南方向的大门，门扇早已不见，仅有门头被两堵瘦墙撑着，摇摇欲坠，似乎两堵墙腰里一松，就要坍塌了。院子里，之前堆满石头和各种生活垃圾，野草横生，成了老鼠、刺猬、鸟雀、兔子，甚至狐狸和野猪的乐园。听说八爷要回来，他的三个侄子大头二头三头简单清理了一下，勉强能落脚。这段时间，人来人往，反而把院子踏平实了。至于那间屋子，因是砖头的，倒也牢靠，多少年了，墙面布满裂缝，瓦片犹如牙齿随时脱落，但依然站在草丛和杂物里，一副遗世独立的模样。

如没人打扰，八爷能晒一天太阳。不过我和青皮倒是疑惑，八爷穿着虎皮大衣，在烈日下，他不热吗？

我们不像多乐镇的大人，那般势利，我们还是常去八爷那里，不试图刺探八爷的过去，也不企图讨到点什么。我们曾翻遍了镇子上所有地方，犹如过街老鼠，人人痛恨，人人喊打，但人人无可奈何。我们来到八爷院子，陪陪偶像，消磨时间，跟他随便聊聊，也很幸福。顺嘴问一番他二十三年前的旧事，他总说自己忘了。我们提醒他，他哦哦着，又说老了，脑壳里装着糨糊。如此这般几番，我们所获并不多，也就不怎么问了，心想，风云人物也不过如此。这让我们十三岁的心里略显失落。可即便如此，我们还是喜欢去找他，这可能就是风云人物的磁场吧。此后，大多时候，都是他问我们答，问镇上的人事和往昔，问镇上的变故和轶事。这二十三年，镇子对他是一片空白期，他想靠我们并不确切的回答来修补。当然，八爷是我们心中的传奇，我们也乐于回答，甚至添油加醋，甚至一些难以启齿之事，都一一告知于他。他摸着我们的脑瓜，像摸一颗菜瓜，也像摸他的孙子。他把手伸进衣兜，犹豫了一下，又抽了出来。想必他是想给我们每人送一颗糖吧。但他的糖，早已派送得一颗不剩了。他又摸了摸我们的脑瓜，带着歉意和安抚。我抬起头，看着他的脸，阳光照下来，那个黑洞愈发漆黑，如同一口枯井。而满脸皱褶里，阳光如蝼蚁一般，匆匆忙忙，跑动着。

在八爷没有回来之前，他废弃的院子，曾是我们的据点。每到假期，或下午放学，我们在几株巨大的野蓖麻下，撤掉蒿草，铺上顺手偷来的车垫，腾出一片空地，要么抽烟喝酒，要么打扑克，要么偷来手机打游戏，要么搞点野鸡野兔烤着吃。若有雨，便撬开八爷屋子的窗户，钻进去，盘腿坐在他满是灰土的炕上，尽情玩耍。当然，耍腻的时候，我们也会讲起八爷的辉煌往事。在一遍遍的讲述中，我们拼凑、填补、充实着八爷，最后，他就活生生存在于我们的生命中了。我们崇拜他，模仿他，一边啧啧称奇，暗自佩服，一边感叹生不逢时，英雄无用武之地。

在多乐镇，我不知道什么时候通的火车，据说是我父亲的父亲的父亲在世时。那时候，绿皮火车叼着烟斗，吐着巨大的白烟，一路咳咳着，慢慢悠悠穿过多乐镇狭长的川道，钻进深不见底的山洞，去了远方。到后来，当然，离我出生还很远，火车依然是绿皮，但不再悠然，而是一路奔跑着，气喘吁吁，躲躲闪闪，穿过了依旧狭长的川道，继续钻进了深不见底的山洞。那时候，火车除了拉人，还拉货。据说，穿过多乐镇的这条铁路，把源源不断的人和物送进了整个大西北。多乐镇就像一根食管，吞咽着东来西去的一切。

不知从何时起，镇子上多了一个词语——"铁道游击队"，当然，"游击队"不是用来抗日的，而是爬火车皮。火车从东边一路赶来，载着衣物、农药、化肥、电视、冰箱、煤炭、钢材等，甚至还有食品、化妆品。总之，小到一根针，大到一辆拖拉机，应有尽有。偶尔，在没有装瓷实的车皮上，会落下一两件东西，当然，不是大物件。多乐镇的一些闲散人员，没事时，总喜欢沿铁路溜达，消磨时间。这些闲散人员里，八爷就是其中之一。八爷父亲早逝，母亲跟人跑了，家里留下八爷和一个弟弟。有一年，八爷弟弟去云南做木活，捡回来了一个女人，生了三个儿子，后来得病就死掉了。而三十好几的八爷依旧光棍一条，在村里游手好闲，无所事事。八爷原名叫马八一，因是八月一日所生，家人顺嘴叫了八一。他后来在村里发迹，便自称八爷，人们附和于他，叫起了八爷，他就真成了八爷。

在铁路边溜达的八爷，有次捡了一袋面粉。那个年月，家家缺吃少穿，能有一袋白面吃，就跟过年一般。那段日子，八爷顿顿包饺子，吃得油光满面，身宽体胖。人们凑到他家，带着羡慕和期待，试图讨一颗解馋。但人实在太多，老老少少，不知该分给谁，只得硬着头皮，就着大蒜，蘸着醋，细嚼慢咽着饺子。人们咽着口水，围成一圈，恨不得上去把那锅面汤喝掉，把那个豁口盘子端起舔了。以后很长一段日子，八爷不再吃饺子，但顿顿有白面，除了换着花样吃油泼面、杂酱面、臊子面、鸡蛋面，还有白面馒头、白面大饼。人们颇为纳闷，一袋面能吃大半年吗？人们更纳闷的是，自己每天在铁路边反复搜寻，怎么就捡不到一袋面粉呢？人们有些不大相信八爷自称白面是捡来的这一说法了。

因为顿顿有白面，在多乐镇，八爷地位日益升高，成了人上人。攀附、奉承他的人很多，有些主动给他担水、打扫卫生，有些主动给他缝衣服、补被子，有些如哈巴狗一样成天跟着他，出出进进。当然，这其中，也有些大姑娘总是给他献殷勤、抛媚眼，目的都是想从八爷那里搞一点白面来改善生活，也有人想从八爷处套问白面的真正来源。当然，面，偶尔会讨到一碗两碗，但来源始终没有问到。

某一天，饱暖思淫欲的八爷突然问他的一众随从，镇子上谁家姑娘最漂亮，有人立马说，跛子阿三的二姑娘。有人接着道，又白又嫩，又大又圆。有人再接道，前凸后翘，水大汁多。众人发出了怪异而罪恶的笑声，八爷用手摸摸鼻尖，打了一个饱嗝，喷着刺鼻的韭菜味，嘿嘿笑了。

当天晚上，跛子阿三的二姑娘就到了八爷的破烂塌房里。八爷让姑娘坐下，自己捞了一碗面条，调了很旺的辣椒，洒了葱花，在姑娘面前吸溜了起来，故意把声响弄得很大，又把汤汁溅到姑娘手背上。八爷把一口面齐刷刷咬断，捏着筷子的手，伸过去要擦姑娘手上的汤汁，刚碰到，姑娘手像触电一般缩进了衣袖。八爷笑道，莫紧张，没烫着你吧？你爸身子现在咋样？好多年没见了，还是早些年村里有人过世，去烧纸时见了一面，聊了几句，喝了几盅。姑娘低着头，有些害羞，声音很低，答道，腿还是老样子，好不了了，这两年高血压，糖尿病，常吃药。八爷感叹一声，带着几分关切，又问，家里生活咋样？有白面吃吗？姑娘摇摇头，答，一家老小八口人，勉强能填饱肚子，大姐出嫁了，我还有三个妹妹，都小。八爷放下碗，说，我给你下碗面吃，你烧火。姑娘坐到灶前，往灶口添柴。三爷看切开的面条不够，又和了半碗面，揉了一会，擀开，切好。八爷母亲跑掉后，家里仅剩他们兄弟二人，饭便由八爷做，生一顿，熟一顿，吃糠咽菜，秋天，收了玉米，才能擀点玉米面片，好在没饿死。白面自然没有，因为太穷太饿，秋天借到的麦种，也被他们煮熟吃了。后来，八爷连自己养活起来都吃力，托姑姑给弟弟找了学徒的活，跟师傅去外面做木活了。

　　面熟了，八爷捞进碗，浇好汤，刚要端给姑娘时，一低头，看到了姑娘白嫩修长的脖颈，还看到了她立领里裹不住的两颗硕大的奶。他心头一热，又一热，浑身冒起了气。八爷三刨两口，把剩饭吃掉，看着姑娘吃。姑娘低着头，小心翼翼，只顾吃面，没有言语。姑娘吃完，要洗刷锅碗，八爷拦住，说我明天自己洗，又从面柜中提出两袋面粉，说，你提回家吃。等了片刻，又说，你今晚别回了，明天一早，我帮你扛到家门口。姑娘摇摇头，说，不早了，我要回去。八爷略显愠怒，把两袋面粉扔到姑娘脚下。面袋落地，腾起一股粉末，呛得姑娘咳嗽了两声。八爷丢了句，你看着办。甩手到院子抽烟去了。

姑娘在八爷屋里站了许久，腿都站木了，她一抬头，看到门外，明月已高悬，一颗孤星挂在西南，摇曳着。八爷的背影，犹如苍鹰，蹲在廊檐下，只是愈发黑了。姑娘朝门外说了声，你进来吧。八爷又蹲了许久，才进屋。

姑娘坐在炕沿上，捏了半天腿，慢慢说，我不回去了……不过，你只能摸我，不能……要我，我已经订婚了，得对得起人家……

八爷关了门，划好门闩，说，你上炕吧。

姑娘又问，你的面，都是哪来的？

偷的。

人们都知道了八爷的白面是偷来的。但这个消息不是二姑娘传出的，她守口如瓶。至于这个消息是如何漏出的，不得而知。反正，在多乐镇，没有长久的秘密，也没有不漏风的墙。

八爷的白面，确实是偷的，而所谓捡，只是起初哄骗众人。从哪偷来的？多乐镇？自然不是，多乐镇人多地少，家家日子过得紧紧巴巴，哪有源源不断的白面供八爷享用？从外地偷？自然也不是，八爷成天待在镇上游逛，没有离开过半步。那是从哪偷的？从火车上。

八爷在铁路边溜达,除了消磨时间,偶尔捡捡从车窗里抛出来的烟头、饮料瓶等,烟头他可以续着吸,饮料可以喝点底。有次,他捡到一盒牙膏,他不识字,又不认识此物。打开盒子,一根塑料管,拧开盖,一挤,一股纯白色黏稠状的东西冒了出来,闻着很香,好像野薄荷的味道。他忍不住剜了一指头,放到舌尖,一尝,竟是甜的,他咀嚼了一会,咽了下去,不是很好吃,但也不难吃,不过口腔、喉咙被一阵冰凉感占据,像酷暑里吞了一块冰,接着,有时一层细密的麻,在口腔、喉咙里跳动。这种感觉太奇妙了。后来,他每天都要吃几口牙膏。他被那种难以言说的香味、清凉和麻,彻底征服了。不到半月,他的牙膏吃完了,他开始怀念那种感觉,欲罢不能,又跑到铁路边去守株待兔,但总是空手而归。他突然想,要不要爬上火车,去找找这让他上瘾的白色黏糊状东西。

在某个夜晚,天色昏沉,不见星月。在一列火车跑来时,他瞅准机会,跳起来,抓住车厢扶手,爬上没有顶子的车帮,跳进车厢。是一辆货车,车辆里码放着袋子,踩上去软兮兮的。他翻找了半天,并没有找到想要的白色黏糊状东西。借着昏暗的光线,他捏了捏袋子,看里面究竟装着什么,一捏,没感觉出来,再捏,似乎有点像面粉。他从裤腰里摘下钥匙,剜开一个窟窿,捏着一撮,仔细一敲,确实是面粉。他心里一动,那白色玩意能吃,这面粉也能吃啊,家里除了一袋杂粮面和几碗玉米面,就快断粮了,而且他还是一年前在姑姑家吃过一顿白面,如今已经好久不知白面味了。他在火车巨益。就像八爷说的，我们就是一群狼，即便有猎枪盯着，也要潜入农场，因为那里有肥嫩的羊。

八爷扒火车，主要搞大件，比如家电、自行车、缝纫机等，小玩意他看不上。偷来的东西，连夜送到城里处理掉，家中一件不留，城里有他的下家。大半年下来，他靠倒卖东西，挣了不少，随后，拆掉即将倒塌的土坯房，盖了一面砖房。这让村里人分外眼红。八爷从一个光棍破烂户，摇身一变，成了镇上的风光人物，也从马八一成了八爷。他喝酒吃肉，他打牌赌博，他穿皮裤蹬皮鞋，他腰杆子硬得能戳破天，他说话口气大得能撑破房。他是多乐镇响当当的人物了。

八爷偷来的东西，也会分给二姑娘一些，多是生活用品。都是他提到二姑娘家门口，敲敲门，二姑娘出来拎回去，多是吃食衣物。两个人也不言语，互相看一阵，便各自走了。他们之间的事，镇上似乎没有传开，许是因为人们忙着扒火车偷东西，顾不上那些往日里咬碎嚼烂的家长里短和鸡毛蒜皮。二姑娘订了婚，但一直没结，也不知何故。总是待在家中，干一些零活，深居简出，似乎隐匿于人们的视野和话题之外。那一晚，八爷只是抱了抱她，然后和衣而睡。他喜欢她，但又怕把她打碎了。

铁路上委托当地公安调查多乐镇扒火车行窃一案。

七八辆警车停在镇子上，警报声犹如刀子，反复割划着天空。人们知道大祸临头，没有出门，躲在家中，面面相觑。几十名戴大盖帽、穿绿警服的公安人员佩着手枪、牵着狼狗，屁股上挂着手铐，分成几组，在巷道里出没。犬吠鸡鸣，小孩哭闹，混合着警报声和西北风，让镇子如搅起的泥潭一般。很快，公安就从一些人家中搜出了赃物。这些赃物摆放在镇子中间一块空地上。同样搜出的还有一些涉案人员。他们戴着手铐，两腿打战，被公安揪着，推搡到那块空地上，和自己的赃物蹲在一起。人们在扒火车时，毫无畏惧，在偷来东西后，红光满面，甚至异常骄傲，互相攀比吹嘘。但此刻，个个把脑袋塞进裤裆里，不敢见人。

公安厉声呵斥，让他们抬起头，他们抬起头，又用胳膊抱住，怕被人看见一般。公安又讯问还有哪些人参与了偷窃，谁带的头，大家沉默不语。公安叫道，坦白从宽，抗拒从严，不如实交代，把你们送到局子里，判几年，你们好好待着，如果交代了，也算有立功表现，可以判得轻一点。狼狗哼哧哼哧吐着粗气，耷拉着红舌头，口水滴答，在大家面前跑来跑去，焦躁不安，随时都有下嘴的可能。大家放下胳膊，眨巴着眼，猴子吃了大蒜一般，互相瞅着，谁也不敢第一个张嘴。公安吼道，再不交代，就上车吧。大家浑身一抖，尿都快夹不住了，于是，齐声道，还有马八一。

马八一是谁？快说！

八爷……

当公安扬着灰尘，浩浩荡荡，朝八爷家蜂拥而来时，八爷刚把二姑娘送出大门。

二姑娘站在门口，眼中含泪，不肯离去，她的手中还捏着五百元，是八爷硬塞给她的。八爷在二姑娘头发上摸了摸，说，快走吧，以后，别等我了。说完，眼眶一红，转身进了屋子。他隐约听见紧密的脚步声，越来越近，他扫了一眼刚盖起不久的砖房，甚至没有来得及粉刷。他出屋，把门一锁，顺手将钥匙抛上屋顶。紧接着，在狼狗的咆哮声中，大门被一脚踹开，门板破碎，倒在地上。八爷在地上摸起一把斧头，跑到墙根，纵身一跃，翻上墙头，跳了下去，从巷道里跑了。公安们跑出院子，追了上来。边喊，站住！站在！边放开了手中的狼狗。八爷在巷道里东逃西蹿，脚下卷起尘土。后面的公安大声喊叫，也卷起尘土。一大一小两堆尘土在巷道里滚来滚去。

多乐镇的每一条巷道八爷都熟稔于心。他游手好闲时，反复在这些鸡肠一般拥挤、杂乱的巷道里行走。就这样你追我赶了半个钟头，八爷气喘吁吁，满头大汗，双腿开始发软，脚板异常沉重。他一转头，那只狼狗再有一步之遥就要咬到他了。狼狗追红了眼，眼内几欲滴血，舌头拖在地上，似乎再追，就要气绝身亡了，但它依然在做最后一搏，猛扑上去，利齿撕住了八爷的小腿肚。一阵钻心的疼，瞬间冲上头皮，紧接着，是一股温热在腿上流淌。他挣扎了一下，没有挣脱，只得拖着狼狗继续跑。但后面的公安眼见就追上来了。他提起斧头，顺手朝狼狗头上一劈。吱唔一声惨叫，狼狗倒在地上，狗头成了两半，如两半西瓜，汁液横流。

有公安喊了句，开枪吧。在八爷应声回头张望的一瞬间，子弹钻进了他的左眼。他没有感觉到疼痛，只有一种麻木，片刻弥漫了大脑。他一手捂住眼睛，热乎乎的东西，带着剧烈的腥味，在指缝间流淌着，流过了脖子，挂满了衣领。他顾不上生死了，只有拼命奔跑，朝铁路边跑去。一只鞋跑丢了，他不知道石头硌脚，不知道疼痛，一路撒着血点。这时，正好一趟拉煤的火车，扯着长长的嗓子，开了过来。他像夜间行窃一般，跳上车帮，抓住护栏，翻进了车厢。他听见子弹在头顶呼啸而过，听见子弹把铁皮击打的声响，听见秋风翻卷着把杂乱的喊叫声抛向了远方。

他躺在煤堆里，突然发现，天黑透了。

八爷的屋子真是鲜有人去了。在八爷回来前，大人们不知厌倦且喋喋不休地谈及二十三年前的往事，说八爷如何厉害勇猛，说八爷飞檐走壁，无所不能，说八爷扒火车如履平地，说八爷靠倒卖赃物成了万元户，说八爷风流成性每天花钱泡妞，说八爷一次赌博就能输掉一间房，说八爷隔三差五有燕窝海参吃，说八爷如何在枪林弹雨中逃跑，说八爷最后能徒手抓子弹还能飞上火车……大人们添油加醋，甚至编造一些并不存在的事情，放置于八爷身上。我们守在大人们身边，听他们说着八爷的过往，啧啧称奇，连连惊叹，心生羡慕，最后就只剩下崇拜了。我们也想像八爷一般，飞檐走壁，吃喝玩乐，快意恩仇，逍遥自在，但在大人们的数落和巴掌下，我们一无是处。有时偷一根烟都提心吊胆，有时为十元钱都被邻镇小流氓暴揍一顿不敢还手，有时从廊檐跳到院子都会崴了脚。

如今，八爷回来了，人们反而不再谈论他，不去找他。

甚至把他遗忘了。是不是八爷在人们心里已经死于那次抓捕，现在回来的，仅是他的替身？搞不懂，大人的世界太复杂，我们的小脑瓜，搞不明白。

八爷就这样即将被人们遗忘了。他孤苦伶仃，生活不便。家里没有自来水，只能讨要。感冒生病，也没有人照顾。炕冷了没人填，裤子破了没人缝，食物没了没人买。他成了一个十足的可怜老头，只有我和青皮偶尔去看望一下他。有次他病了，在炕上躺了三天，差点死掉，还是我们给他买了点药。他的院子再次长满蒿草，他于蒿草中出没。他也曾去过二姑娘家。二姑娘家已被夷为平地，水泥硬化，成了文化广场。二姑娘父亲跛子阿三已故去多年，二姑娘的妹妹们也远嫁他乡。至于二姑娘，据说和那些扒火车的人一道被公安抓了去，原因是她是同谋，且配合八爷行窃。据说这是镇上有人告的密。不过公安确实在二姑娘家搜出来了赃物。在监狱服刑半年后，二姑娘被放了出来。人们不知道她去了哪里。如今，更是不知死活。

就当人们即将彻底遗忘掉八爷时，多乐镇又到处流传起了一条小道消息——八爷的虎皮大衣里揣着黄金。人们私下议论着，认为这条消息绝非空穴来风，因为八爷一年四季无论冷热、昼夜，从不脱那件虎皮大衣，如非有宝，谁会天天不离身。况且，八爷这二十三年在外，难说没有发财暴富。甚至有人说这块黄金手掌一般大，就是八爷当年扒火车时偷来的，一直藏在身上。人们颇感兴奋，再次议论起八爷的陈年往事，就如同八爷死而复生。

不久，镇子上空又刮来一条小道消息——八爷说了，谁要给他养老，他临死前，就把这些黄金作为遗产给谁。这条消息很快就在镇上炸开了，人们除了兴奋，还有惊喜，好像那黄金非自己莫属，便齐刷刷涌向八爷屋里，都表示愿意给八爷养老送终。这时，八爷的三个侄子出面了，他们以八爷唯一的亲属为由，骂骂咧咧把众人赶掉了。他们跪在八爷炕前，声泪俱下，表示要赡养八爷，为他送终，让他把人生最后一程风风光光走完。八爷躺在炕上，身体颇为虚弱，把腰间系虎皮大衣的束绳紧了紧，点点头，表示同意。

往后的日子，八爷的三个侄子异常殷勤。每天早上，给八爷端去早餐，如鸡蛋饼、杏茶、花卷，还有一杯豆浆。中午，再请八爷去他们家轮流吃饭。以面食为主，偶尔炒两个小菜，还佐以小酒。到晚上，又给八爷端去饭，多是炒菜米饭等。院子里的蒿草，清理了一番，倒塌的墙，用砖重新砌了起来，约三米高，并加了一层防盗网。肯定是防止有人偷了八爷的黄金。旧大门拆除了，安了铁门，顶上带矛头的那种。屋里重新清扫了一番，刷了白色涂料。灯泡也换成了吊灯，四颗灯一开，屋里明晃晃一片。还买了彩电，供八爷平时消磨时间。之前，八爷上厕所，都是在草丛里随意一蹲，现在有了活动板房搭成的专用厕所，不知谁还用粉笔在门上写了个"WC"。三个侄子都很卖力，就连他们的老婆也很勤快，经常给八爷洗洗刷刷。

村里有人去看八爷，三个侄子一律不让进，似乎怕人们抢走黄金。人们戳着三个侄子脊梁骨，骂他们见利忘义，骂他们小人。但他们并不在乎，因为只有黄金才是最重要的。当然，三个人，都想独吞那块黄金，于是便极力表现，极力讨好。这样便形成了竞争。有了竞争，八爷的日子便愈发舒坦了，吃喝不愁，万事无忧，除了闲逛溜达、看电视、晒太阳，便无所事事，日子一长，八爷心宽体胖，满面红光，走路都有些迟笨了。

有一天，我和青皮给我母亲去药店买药。我母亲长期失眠，日子一久，面容枯槁，精神萎靡，开始抑郁。没办法，只能吃安眠药，每天一片。但这种药，药店又不给多买，我母亲给人家药店老板塞了一些钱，他才答应每次多给几片。每次吃光药后，母亲都打发我去买，其实是取。我和青皮拿了药，边聊手机游戏，边走路。青皮说，好久没去八爷那了，去玩玩。我说，他三个侄子跟看门狗一样，天天守着，不让人进，上次咱们去，不就被人家揍了一顿嘛。青皮说，我有办法，报仇去。说着，从衣兜里翻出一只塑料袋，跑到树后，朝里面拉了大便，提着过来，朝我坏笑着，说，我一扔，咱们就跑。

到八爷门口不远，我们听到了八爷院子有吵骂声和惨叫声，我们快步赶到，趴在门上一看，八爷的三个侄子扭打在一起，三个侄媳拉都拉不开，最后，三个媳妇指鼻子剜眼睛，互骂起来，骂着骂着，扭打在了一起。地上两摊人，像两疙瘩蛆，扭拧着，撕扯着，不时嚎叫一声。慢慢地，血液染红了泥土，两摊人精疲力尽，松开手，平躺着，如一只只杀倒的猪，血肉模糊，不再动弹。青皮朝院子把那袋大便扔进去，大便炸开花，溅了他们满身。青皮骂了句，让你们再揍。我们拍打着屁股，坏笑着，跑掉了。

事后，听说是三个侄子都觉得对方照顾八爷太多，试图独吞那块黄金。其实是自己想独吞，又怕别人吞走，互不服气，你一言我一语，最终打在了一起，如一锅粥。他们也曾去找八爷，希望他做出裁决，但八爷闭目养神，一言未发。一场乱斗之后，大头缺了一只猪耳朵，二头少了两根猴子指头，三头残了一条山羊腿。他们老婆隔三差五长出的鸡嘴，互相掰掉了，突兀的嘴上，总是滴血。他们带着残缺不全的身体，呻吟着，围在八爷膝下，希望八爷出面做主。八爷睁开右眼，捋了捋皮衣上的虎毛，说，你们父亲死得早，我是你们唯一的亲人，我不能看着你们互相伤害啊，人世间，比黄金贵重的东西，很多，比如……八爷的比如卡在喉咙，被他的一串咳嗽堵塞了。三个侄子终究没有知道比黄金贵重的还有啥，他们只知道这人世间，最贵重的莫过于黄金，那金灿灿的东西，谁不愿得到。于是他们盼着八爷早点死掉，能早日到手那块黄金，又怕被两位兄弟搞走。他们终日惴惴不安，魂不守舍，甚至想把八爷找个笼子装进去，封存起来，藏掉。

我们到八爷家时，八爷正坐在炕上，不知从哪里搞来一把红梳子，正悉心梳理着虎皮大衣上的毛。他抬头见我们趴在炕沿，笑骂道，两个小兔崽子最近干啥坏事，好久不来我这玩？我们说上学，最近逃学几次，老师告知了家长，我们被暴揍了好几顿,连走路都屁股疼。当然,八爷不知道,他的大门有三个侄子,如看家狗一样守着,我们进不来。最近,兄弟三人养伤,没有太多精力全天候守。

我问,八爷,我们有些地方都跟动物一样,你呢?

八爷嘿嘿一笑,摸着我们脑瓜说,我有飞毛腿。

那公安局来抓的时候,你是不是用的飞毛腿。

八爷想了一会,说,那是当然,要不早就被抓进局子了。说着,脱掉袜子,我们果真看到八爷的一只脚如同熊掌,长满黑毛,毛茸茸的,一直到脚踝处。

我又问,就是靠这只脚飞上火车的吗?

八爷嗯了一声。我和青皮抚摸着那只毛脚,很舒服,那些毛在手心滑过时,竟然有点痒。我们啧啧叫着,又是惊奇,又是羡慕,我那头顶的那撮鸟毛都立了起来,青皮的尾巴也翘了老高。

我说,八爷,看你口渴了,给你倒杯水吧。

八爷说行。

我去倒水,青皮坐上炕,捧起那只毛脚,不断地问一些稀奇古怪的问题。八爷也是好兴致,都一一作答。我端起满是茶垢的杯子,假装倒水,又自语道,杯子有苍蝇,我涮一下。拿着杯子到院子,倒入开水,把平日积攒的五粒安眠药放了进去,又用准备好的木棍搅化,端进屋,递给八爷。八爷接过水杯,一边夸我懂事,一边喝水,我看着八爷伸长脖子,喉结如石头一样上下,暗自窃喜,又很恐慌。

自从我被暴揍一顿后,我对父母心生绝望。哪有他们那样打娃娃的，提着笤帚在屁股上使劲抽，最后把笤帚抽开了花，把我也抽开了花。事后，我想，可能是我父母彼此不爽，把气撒在我身上了。我不过是个替罪羊。因为好几次午夜醒来撒尿，都听见他们吵架，说什么离婚、离就离、拖油瓶、出轨、医生、安眠药等等，乌七八糟。但无论如何，总不能拿我下手吧，我也就旷了几天课而已。于是我找母亲讨要说法，她不但不同情怜悯我，反而骂我活该。我质问她，我是不是她亲生的。她反而露出一种不可名状的笑容，说，你是石头缝里蹦出来的。那一刻，我伤心透顶，眼泪迷蒙，我终于知道我不是他们生的，我不过是个石头娃，怪不得他们经常打骂我。于是，那一刻，我决定离家出走。我约了青皮，青皮说他也挨打了，他也质问了他母亲，但他母亲说他是她肚脐眼里亲自生出的，他不想离家出走。我逼迫他说，那以后咱们的朋友关系也就到头了。青皮自知我如果放弃他，镇子上再没人跟他玩，磨磨唧唧了半天，才勉强答应，又问，那我们离家出走坐什么？

去县城坐高铁。

那我们去哪里？

去远方，离得多乐镇越远越好，最好让大人一辈子找不见。

那我们没有钱啊怎么办？

黄金。

八爷的？

嗯。

我们坐在炕沿上，心里满是焦虑和不安，生怕八爷发现水杯中的蹊跷。我从衣兜中掏出从家里偷来的半只猪蹄，摁住心跳，毕恭毕敬递给八爷。八爷接过猪蹄，很是高兴，说有猪蹄得有酒，咱们几个整点喝。我忙说不敢喝酒。八爷有些遗憾，说，昨天刚把半斤二锅头解决了，那三个杂毛最近有伤，孝敬我不够勤快，我准备搞个积分制，这样公平又准确，他们孝敬我一件事，我积一分，等我快死的时候，看一下积分排名，根据名次，给他们把黄金像切豆腐一样，按比例切开。我们真心佩服八爷，不光身手厉害，脑袋也很厉害。同时为即将到手的黄金激动不已。

那算了，我改天再请二位小贤弟喝酒。说着，啃起了猪蹄，看他牙板很好，把筋扯起，咔嚓咬断，蹄筋一半进了嘴，一半弹了回去。

约莫过了半个钟头，八爷嘟哝着，成天屁事没干，这会倒瞌睡了。那根白花花的蹄骨只剩几丝骨缝里的筋，被八爷握在手里。他用手一抹油腻腻的嘴，右眼迷离了一会，一头栽倒在了炕上。药性发作了。

青皮出去把大门在里面闩住，以防来人。我把八爷推放平展，但八爷人老了身体倒是结实，推了半天，只把腿弄直。青皮进来后，我们一起才把人摆平。我们又是提心吊胆，又是异常兴奋，折腾了半天，终于把八爷永不离身，甚至发馊的虎皮大衣扒掉。我们仔仔细细搜索了虎皮大衣，从里面翻出一个白色瓷盒。我们双手颤抖，嘴皮哆嗦，眼泪扑闪，黄金就在盒子里，唾手可得，我们的逃离计划即将实现，我们将一夜暴富，实现人身自由。到那时，我们爱吃什么吃什么，爱玩什么玩什么，不用上学，更不用挨揍。由于过度亢奋，我的两根鸟毛挣脱头皮，从窗口飞走了。青皮的嗓子里发出了驴叫声。我嘘了一声，提醒青皮。青皮努力摁住心内的狂喜，但驴叫依然在喉咙里回荡。青皮双手捧起盒子，我轻轻打开，里面用一层塑料包裹着一疙瘩东西，应该就是黄金。我小心翼翼剥开塑料，然而，我们并没有看到光芒耀眼、摄人心魄的黄金。我们看到了两个黑乎乎的东西——一缕长发，一个黑球。

青皮慌乱地拿起头发，借着窗口的光，确实是头发，是女人的头发。他又拿起那黑球，干瘪如毛桃核大小。他说，是一颗眼珠。

我们双手抖动，犹如五雷轰顶，整个头都炸开了，我看到一筐西红柿被压碎，七零八落，撒在地上，红色的汁液，蜿蜒流淌。

八爷并没有黄金，八爷在骗人。

这个消息不胫而走，如一团阴云，罩在多乐镇上空。人们终于对八爷失望透顶了。从八爷回到镇上那时起，这种失望便滋生开来，如今，真是霉菌一般，裹满了心壁。虽然人们明知分不到八爷哪怕指甲皮大的黄金，但至少，在人们心中，八爷用黄金还延续着二十三年前的辉煌。可如今，人们垂头丧气，脸如天空一般阴沉。

我和青皮自然也是失望极了的，除了八爷的形象瞬间坍在荒草中，隐隐伸向远方，像一对手臂伸出去，却什么也没有抱住。

八爷坐着，沉默不语，我想不来他在想什么，我也看不清他在看什么。唯独他满脸的皱褶，如同一根根铁轨，通向无尽的远方。我们坐了很久很久，直到月亮升起来，像夜空的伤口，流淌着银色的血液。

我问八爷，这条铁路通向哪里？

八爷沉思许久，才慢慢说，或许还是通向多乐镇吧。

我听见我头顶的鸟毛和八爷的脚毛凋零的声响，犹如枯枝断裂的声响。

八爷摸了摸我的脑瓜，像摸着自己的孙子，说，我很快就要死了，我死后，你和青皮把我埋掉，至于那件虎皮大衣，就留给你，做个念想吧。

归去来兮

一楼角上那间房子一直空着，空了近两个月。

三眼似乎都忘了究竟是谁之前租着这房子，是一个在事业单位兢兢业业满脸疲惫的青年，是一对毛都没长齐已经如胶似漆的小男女，还是一个昼夜颠倒晚出早归的妖艳女人，或许都是，或许都不是，租过这间房子的人，走马灯似的，你来我往。三眼唯一记得的是这间巴掌大的房，一年四季人就没断过，每月二百元的房租总会准时到账。但最近来租房的人，门都不进，隔窗一瞅，嫌小，嫌贵，或嫌没有光线。租房的人后脚刚出门，三眼边剔牙，边逗弄笼子里的画眉，压低声音嘀咕道，还嫌小，别墅大得很，有钱租去，这么好的房，在城中村莲亭再没，真是不识货。食指一弹，牙签上的一丝肉，飞了。

房子就这么空着。

窗户敞开，我从二楼下来，透过窗，可以看见狭窄的屋里堆满的烂报纸、横摆的破床板、遗弃的旧衣服，还有安家落户的灰尘。以前有人住，我倒没在意，现在空了，突然觉得有些凄凉。打开的窗扇，嘴一样，干巴巴张着，像喉咙里卡住了瓜子皮，咳不出，咽不下。

直到八月底，石榴花谢，紫薇花开，一个年轻女人领着一儿一女住了进去。他们没嫌小，没嫌贵，更没有嫌光线不足，就那样简简单单住下了。到院子提水时，我才看清那女人，三十出头，穿一件淡蓝色短袖，黑裤子，蝴蝶花凉鞋。头发梳起来，整齐地扎着，两腮泛红（甘肃这一带乡里女人大都有"红二团"，像撕不去的两道标签），鼻尖上绣着几颗细密的雀斑。走路腰略弯，可能跟干农活有关，不像城里女人，恨不得把水桶腰拉成笔直的钢丝。她见我提水，点点头，让开了，说，你先打，你要上楼。

那女人住进去后，把破床换了，换成一张大的，在窗口下的墙角，支起锅灶，门口放着一个煤炉。原本不大的房子，这么一占，立脚的地方就和巴掌差不多大了。不过房子里面，她倒是收拾得干净整齐，原先油渍溅满的墙面，糊了塑料墙纸，靠床的墙上，贴了碎花墙裙。玻璃擦过，房里变得亮堂温馨了许多。

她是从天水西南路乡下来的，专门租房，供孩子在城里上学。我隔窗说，农村学校教学条件这些年也改善了很多啊，何必舍近求远。她站窗前，在案板上切辣椒，辣椒的辛辣在空气中浮游，刺激着鼻孔。她说，也是形势逼的，村里人把孩子一个个转进城上学了，跟比赛一样，我不转不行啊。她把辣椒放进油锅，刺啦声伴着油点，四处溅开。她提着锅铲，边炒边说，这两年，很多农村人把孩子带到城里念书，家长专门租房，不干别的，就负责做饭、接送孩子，都成了一股风气，跟赶集似的。辣椒炒好，盛进盘子，她接着说，大家觉得乡下的教学条件和质量就是比城里差一截，学生学得再好，也还要老师教得好，于是，每年春秋季开学，我们乡下学生就少一茬，用老师的话形容，他们是杨令公引儿——越引越少。

我想起父亲，一个即将退休的老教师。

初中毕业的他，十八岁起，就一直在我们那里当民办教师，这一教，就是一辈子，他几乎教遍了我们乡的每一所学校，无论村小、完小还是附中。后来有机会转正，却因为档案缺失等原因没转成，再后来转正要考试，他又过了年限，不能参加了。就这样，清贫而忙碌的父亲以民办教师的身份在讲台上一站，就是四十多年。

前年，父亲从十里外的一所附中调到了三里外的邻村。一个只有两个年级、二十几个学生的教学点。调动是父亲提出的，他嫌自己老了，身体不好。离家近点，早上去学校，晚上回家，跟四季病殃殃的母亲好有个照应。学区领导也顺水推舟，依了他的想法意思。反正邻村那么偏远的学校没有一个老师愿意来。

那所学校离镇子远，交通不便，又没有食堂，没有第二个老师，晚上还要一个人睡在宿舍，听空荡荡的校园刮着凛冽的西北风，还要面对屋子四周密密麻麻的孤单、寂寞和恐惧。于是，每学期结束，学区考核后，就将排名最后的那位老师打发来支教，既惩罚了老师，也保证了教学，一箭双雕。那个打发来支教的老师，极不情愿，又无能为力，带着上坟的心情骑着摩托来到学校，很是痛苦。后来，听说我父亲主动要去，大家拍手称赞，如同解放一般。

从那以后，在那段五里长的乡间小路上，一个穿藏蓝色中山装、黑绒面布鞋，戴旧式平顶蓝帽子的老人，半勾着腰，像一个问号，早上踩着露水走了，晚上披着夕阳回了，日复一日，烈日雨雪，除了寒暑假，从未间断过。

父亲在邻村带了一年课后，发现每次开学，学生都会少几个。父亲坐在办公室，等着学生来报名，从中午等到下午，稀稀拉拉来了十几个。到傍晚，倦鸟归来，牛羊下山，也不见另外几个学生。他到村里转了一圈，打问了一番，才知道转学了，转到城里念书去了。背着手弯着腰的父亲边走边自语：转学了，越转越少了，上学期二十二个转走了两个，这学期又是五个，仅剩十五个了，一辈子没教过这么少的学生。他折过身，回到学校，锁上了那扇木门，锁子在门上晃荡着，他衣兜里的那本掉皮的教科书，也晃荡着。

晃啊晃，一学年又晃结束了。麦子黄了一茬，割了一地，摊晒在场院里打碾。学生升了一级，走了一拨，到那所附中上三年级去了。

半个月前，我回了趟家。麦子碾了，铺在院子晾晒，金黄的麦粒在阳光下泛着光芒，这让梨树下捣罐罐茶的父亲显得异常陈旧。打过招呼，我进了屋，父亲没有跟进来。到吃饭时，他还在煮茶，没有多说一句话，透过玻璃窗，我看见父亲盯着门口啄麦子的一只麻雀发呆,忘了驱赶。腿边的电炉上,瓷缸里的茶水吐着泡,扑哧扑哧响着,溢了出来,落在炉丝上,刺啦一声,冒团白气,散了。父亲完全没有觉察到茶溢出来了。直到母亲端着饭碗走过去,喊了一声,他才回过神来。

父亲这是怎么了,变得心事重重。以前,我一回家,父亲在院子忙活,总是隔着窗户跟我拉家常,声音特别洪亮,像讲课一样。这次,他却像变了个人。

吃完饭,父亲掀开门帘,进来了。我看电视,他递来一杯自己煮的茶,茶很酽,我喝了一口,苦。父亲提了板凳,坐我对面,手心里揉着几粒带壳的麦子,说,你消息比我灵通,问你个事,听说省上有个教育布局调整啥的,要把人数少的学校撤了,真的吗?我想了一会,点点头,好像听说有这回事。父亲哦了一声,起身到柜子前开始整理那些教科书。他又说,还有一个多礼拜就开学了。他像在对我说,又似乎自言自语。那一刻,我终于明白了父亲的心事。我看见他戴了好多年的蓝帽子下,雪一样的白头发,忽然飘飘洒洒落了下来。

那女人每天一早,都会把院子扫一遍,好像院子是她家的,当然,这省了三眼的事,他倒是高兴。然后,她把小女儿送到尚义巷一家私人幼儿园,上大班。刚开始,那孩子死活不去,大声哭闹着,把莲亭都吵得心神不宁,后来渐渐习惯了,八点多,背个不协调的大书包,像背着半块磨盘,一人，各过各的日子，照面了，点个头，再无瓜葛。

晚上，她督促两个孩子写作业，一个趴左边床上，一个右边，她坐中间，隔开，两个在一起总是打架。孩子写一会，分神，一个抠铅笔头，一个开始打盹，她屁股上一人一巴掌，骂开了：两个喂狼的，我背上一身骂，花了冤枉钱，把你们带进城，上个好学校，为的让你们以后出人头地，我图啥呢，我受的罪谁晓得，还说我躲清闲来了，不要你们两个累赘，我到外面啥地方混不了一口饭。她骂着，似有说不出的委屈，眼泪花儿开始打漂了。

毕竟是农村长大的孩子，四处野惯了，一到中午，楼上楼下跑，儿子捣蛋，女儿跟着乱转。经常掀开门帘，瞅瞅这家，贴着窗子，看看那家。有一次，兄妹俩拿根竹棍捣三眼的画眉，直戳得鸟乱叫。三眼冲出门，大吼一声，干啥！两个孩子竹棍一扔，踢踢踏踏跑下楼了。三眼站二楼角上，气哄哄地说，把你两个碎鬼咋看着呢，刚才用棍子往死戳我的鸟，真没教养，再这么捣蛋害人，就换个地方去住。那女人一听，自家孩子闯了祸，忙上去道歉。刚一下楼，哇一声，两个孩子尖细的哭声，一瞬间撕裂开了。

我本来在午睡，结果被突如其来的哭声吵醒，准备继续装睡，母亲打来了电话，说，你爸那个老家伙不吃饭了，脾气大得害怕，你要不劝劝，我是说不下他了。母亲害怕被父亲听见，又骂她嘴馋，独自躲在厨房给我偷偷打电话。我问为啥，母亲说，还能为啥？人家学区说这学期学生要是少于十五个，就把他的学校给撤了，结果前段时间报名，才报了……母亲还没有说完，父亲给驴添草，经过厨房，还是听见了，他故意咳嗽了两声，母亲赶紧把电话挂了。

父亲一辈子是一个犟人，发火了，我跟母亲都害怕，在外面，也一样，落下个"犟牛"的绰号。

去年有一次，学区校长给他谈话，说他年龄大了，早点内退回家，抱孙子。父亲说，我退了倒是清闲了，可那学校的学生娃谁管？况且，我又没孙子。校长给他递了烟，他没接。校长有点不高兴，说，王老师，你退了，我们大不了把学校撤并了，我们学校老师现在很宽裕，不像前几年。校长的意思很明显，不缺你王老师，反而是你太多余。父亲说，撤了，撤了你让指头长的小娃娃每天走六七里山路上学，他们才一、二年级，六七岁的憨娃，晴天好办，雨雪天咋弄？那能撑得住吗？再说，我当了一辈子老师，打十几岁起就吃党的供应粮，吃了一辈子，我不到该退的年龄退了，能对得起那些粮食吗？父亲提起桌上的馍袋，黑着脸，愤愤然走了。

也许是因为他的资历，也许是因为他的固执。内退的事，校长再没有提过，撤学校的事情也就暂时搁下了。

一会，父亲回过来电话，似乎刚责怪过母亲，语气有些生硬，说，不要听你妈乱说，她啊，一天唧唧喳喳，就知道煽风点火，没一门子正事。

我知道父亲的脾气，很多事情，他宁可一肩挑了，也不给别人添麻烦。他不让母亲给我提这事，并非把我当外人，而是顾虑到我分心。最近县上选聘教育局副局长，我也报名参加了，一边上班，一边备考。他虽然性格倔，但当老师的人，毕竟心细。我只好安慰他，爸，人家学区既然要撤就让撤了，也没几个学生了，你早点退休，还能享点清闲，再说教育布局调整也是大政策。

你爸不是糊涂人，也懂政策，我就觉得，我一个民办教师，没学历，没贡献，就识几个字，一辈子了，党给我发工资，从没亏欠我一分一厘，还没到六十岁，我就这样退了，心里过意不去，我还想着再出点力，到了年龄，退下来，心里也就踏实了。父亲说得很慢，似乎努力压制着什么，但我分明听到了他声音的缝隙里，夹杂着悲伤。

你的心情我理解，当儿子的咋能不理解你了。我说。其实，我有多理解父亲呢，老一辈人的那种责任意识和奉献精神，是我这一代在物欲横流、狭隘自私的江湖里长大的人无法理解的。我们能理解的，或许就是金钱，以及索取吧。

开学前，学区说这一学期要是能有十五个，就留下，暂不撤，结果，二年级七个，一年级收了六个，就差两个，我还想着，十五个学生好歹就收够了，可就是缺两个，没治，现在生源越来越少，加上一转学，可怜得不够掰指头数了，我年轻时啊，那学生，多得跟羊似的，一个学校十几间教室都挤不下，只差坐到房梁上听课了，一放学，漫山遍野全是学生娃，割草啊，放牛啊，拾柴啊，多热闹……父亲又开始自言自语了，他似乎陷入了回忆的泥潭，那些陈年旧事流水一样淹没了他的记忆，让他越陷越深。他只是自说自话，像一个需要倾诉的孩子。或许，说说，他心就亮堂了。

我是当了一辈子老师，起初我还想着多教几年，多做点贡献，六十二三退休也行，不拿工资，白干，但是没机会了。现在我就想着光荣退休，到六十岁，在全校师生面前体体面面歇了，可谁想到，我要在把学生教没了、撤了学校的情况下退休，退了也就退了，就是心里那道坎，过不去……父亲似乎哭了，一辈子没有哭过的父亲，在电话那头哽咽着。

人老了，心事就多了。心里有道坎，谁能一下两下迈过去？当了一辈子教师，或许父亲的愿望很简单，他就想着，像个人民教师一样，按时体体面面地退休，不要鲜花，不要仪式，不要掌声，就几百人，哪怕几十人把他送送，给他招招手，大家一起说声，王老师，回吧，回去休息吧，有空了常来学校看看。就这么简单，仅仅需要一双双目送的眼睛，是孩子的眼睛，是同事的眼睛，是时光深处回眸一看的眼睛。可这却成了父亲的奢望，成了他一辈子完不了的心愿。

我的老父亲，当了一辈子民办教师的老父亲。

我似乎看到了那个站在土坯教室里，年轻英俊的父亲，在讲台上，给塞满了一屋子的学生上课。我似乎看到了那个坐在宿舍桌子前，鬓角微霜、成熟稳健的父亲，在昏暗的台灯下给学生批改作业。我似乎看到了那个穿着蓝布衫、黑布鞋，苍老厚重、腰杆半弓的父亲，走在鸟群起落的山间小路上。其实，我什么也没看到，我只听见，一个老人曾经洪亮的嗓子，现在却啼出了血一般的声音。

住在莲亭，生活总是灰扑扑的。每天都活动在逼窄的院子、昏暗的屋子、幽深的巷道里，时间久了，心也就麻木了。不经意间，日子便过去了一大截。那女人换了纱布门帘，挂上了棉布的。她脸上的红血丝淡了，只是脸色没有了刚来时的圆润，有些蜡黄了。这期间，她阿公来过一次，背着半袋面、半袋洋芋，腿搭在床沿上，抽了一锅烟，问孙子学习咋样。女人说，就那样，跟不上城里娃。阿公在地上磕了磕烟锅，说苦瓜放进蜜罐里，货，还是苦货。然后饭也没吃，勾着腰走了。阿公的气没消，他觉得高山出锦鹨，只要娃娃争气，乡下城里上学都一个样。那女人还想问问家里麦子种上没，白露都过了。可追出门，阿公早没了影子。

期中考试下来了，儿子考了个倒数。她知道儿子学习底子差，跟不上，但看到那张被红笔画得鲜血淋漓的试卷，晚上，她还是忍不住用笤帚狠狠地在儿子屁股上敲打了一顿。为了不影响别人，她关了门，但儿子声嘶力竭的哭声还是挤破了门窗，在漆黑的夜色里摇晃。那一夜，门缝里还渗出了一个女人的哭声，湿漉漉一摊，充满了压抑、委屈、无助。

后来儿子似乎乖多了，也不贪玩了，中午写作业，晚上吃完饭，就趴在床上学习了。虽然她也小学没毕业，但二年级的有些内容，还是有印象。她边捏着针缝被角，边给孩子辅导。

有时，题确实难，她不懂，就打发孩子上来问我，或者，把我请下去，到她家房子教。时间长了，都在一个屋檐下过活，慢慢也就熟悉了。进了屋，屋里混杂着香皂和中药的味道，有点怪。墙上贴着几张喜羊羊的海报，特别显眼。她一看，笑着说，孩子贴着玩的。又指着孩子说，两个木头，赶紧站边上，让你王叔坐下，一点没礼貌。她把煤炉提到门外，坐上砂锅，添了凉水，又开始熬药。我上下楼，常看见她熬药，不知有什么病，当然，也不便询问。她在门外说，二年级的题有些我也不会，给孩子辅导都没本事，都怪读的书少。我边看题边说，还是现在学的课程难了，以前我们三年级学的内容，现在二年级就有了。她隔着门帘，说，我小时候，学习还可以，也爱读书，可家里穷，孩子多，小学一毕业就喂猪放牛了，后来家里不让上学，我都哭闹了一个月，有时候割草割一半，把牛拴树上，偷偷跑学校，去听课，有一次，牛挣断了缰绳，吃了人家玉米，人家主人找来让赔，我妈抹着眼泪把家里剩余的半袋玉米赔给人家，回来后，狠狠把我收拾了一顿，打那以后，我也就死心了。

我小时也老挨打，不过不是放牛，而是爱看动画片，你们家是哪个乡的？

西南路，杏树乡赵窑村，偏僻得很，你可能不知道。

赵窑，我爸就在你们村当老师。我有些欣喜，原来我们是邻村。

王老师！她有些惊奇，揭起门帘，伸进头，一双杏仁眼睁得老大，看着我。王老师是你爸啊，这么巧，王老师可是好人，孩子带去的饭凉了，他在炉子上经常帮着热，看孩子吃干馍，他就给倒杯开水喝，我去学校交作业本钱，就碰上了好几次，上一学期，还在村里学校时，他感冒了（她指了指趴在床沿上写作业的儿子），王老师给他吃了自己的药，半天就好了，学校人少，他一个个都当自家孩子一样，哎，也不是当着你面恭维，实话，真是个好老师啊。她给我的杯子里添了水，看着我，问道，都快半学期没见他了，他还好吧？

父亲病了，在卫生院住了几天。上周末，母亲打电话，我去看了一趟。

卫生院很安静，没有几个病人。惨白的阳光落在惨白的墙壁上，泛着凉意。白杨叶落了，在墙根处，黄叶子、绿叶子，铺了一层。父亲躺在病床上，消瘦了很多，眼圈发黑，皱纹深深刻在额头、眼角。父亲似乎一夜之间老了，老得让我有些慌乱。

看我进门，他点点头，没有说话，母亲蹲在地上，洗毛巾。我询问了病情，大夫说，老人心脏不好，可能前段时间受到了刺激，有些影响，现在没有大碍了。我悬起的一颗心，才落到了实处。

我坐在椅子上，和母亲有一搭没一搭地说着农活，我们尽量避免提及学校，免得父亲又伤心伤神。父亲眼睛闭着，他的蓝帽子摘了，我第一次看到了他白透的头发，像顶着一堆冰凉的雪。父亲突然问我，你说，我这一辈子算不算一个合格的人民教师？

我觉得啊，不但合格，还很优秀，你数数，咱们家墙上贴的奖状、挂的镜框、地上放的水壶、脸盆，还有吃饭用的瓷盆，甚至刷牙缸子，还有我上学时写日记的钢笔、本子，哪一样不是你挣来的荣誉，它们都证明了你的优秀。

哦，也是，你这么一说，好像还真是，一辈子桃李没几个，盆盆罐罐倒挣了不少。父亲睁开眼睛，定定地盯着窗台上的一片阳光。

下午，父亲执意要出院，我和母亲再三劝说，还是无济于事，最后就依了他的意思，提着行李，回家了。

吃晚饭时，父亲盘腿坐在炕上，显得有些吃力，额头上渗着一层细密的汗珠。他只吃了半碗面条，就了几口咸萝卜，就说饱了。父亲以前饭量很好，大老碗，顿顿两碗，清了，不行，换碗，也不行。他老是批评我，一个男子汉，一顿拼死才吃一碗饭，不像话，他跟我这年龄时，一顿吃了三碗半玉米面片，把祖母吓坏了。吃毕饭，他说，你陪我去学校走走吧。你身体虚，要多休息，远路不能走，等过几天好些了，我陪你去。我说。远啥远啊，我三年时间天天走，也没觉得远。就担心你身体吃不消，加之天也快黑了。有多苦啊，还吃不消，我又不是闺房绣女，学校也撤了，学生也没有了，啥手续都办理了，就等明天人家来把钥匙取走，我就和学校再没啥关系了，今晚，看最后一眼。父亲看着我，突然像个孩子，眼睛里充满了祈求和悲伤。

我和父亲，并肩行走在那条他步行了三年时光的乡间小路上。夕阳西沉，最后一缕柔和的光芒，披在路畔青草的肩头上。风迎面吹来，凉飕飕的，吹乱了父亲帽子下的白发。父亲一语未发，只是走着，看着眼前熟悉的草木，消失在眼底，这是他最后一次，看这些曾日日陪伴过他的植物了，也是最后一次，把脚印落在这条满是虚土的路上。

门开了，锁子挂在门环上，晃荡着。

校园里，落满了寂静，静得甚至可以听见心跳，白白的墙面，贴着蜡笔画的窗户，还有光溜溜的白杨木旗杆，孤独地站立着。父亲站在院子，朝四周慢慢看了一圈。他说，才离开不到十天，院子的草就长满了。他来到教室门口、办公室门口，想开门，却犹豫了一会，最终还是没有开。他走到窗户前，透过玻璃，看了很久，教室里空空荡荡，还是他离开时的老样子，整齐的座椅，他重新摆过，干净的黑板，他走前也擦过，办公室的桌子上，还躺着一本教科书，静静地躺着，像一个熟睡的孩子，渐渐披上了岁月的尘埃和此刻的暮色。

他摸了摸教室门上的锁，锁是冰凉的，他又摸了摸被学生蹭光了白灰的墙，墙也是冰凉的。父亲迟缓地走着，他就要告别这所学校了，也要告别一辈子的教师生涯了，他想把这里的每一粒土、每一寸书桌、每一个字、每一声诵读、每一次欢笑、每一句讲解，都摸摸，让捏了一辈子粉笔的手指，记住这最后的回忆。

父亲走着，慢慢走着，夜幕把阴影落在了他的背上，他的腰，弯得更厉害了。

父亲说，我原本打算教到六十岁，正式退休，干了一辈子老师，也就能画个句号了，可事不由人啊……我看最后一眼，也就没有啥惦念了……

那一刻，我看到了父亲的眼眶流出了浑浊的眼泪。他哭了，苍老的哭声，像另一个蓝色身影，巡游在校园的每一个角落。

天黑透了。

莲亭的日子，还是简单破旧，送孩子，做饭，监督写作业，那女人每天都重复着这样的生活，儿子的成绩还是老样子，考砸了，她照旧抽几寻把，骂一顿，就过了，她是有心无力，想帮着提高成绩，但也是老虎吃天，没处下手，就这样过吧。她甚至安慰自己，心急吃不了热豆腐，学习也需要一个过程，或许慢慢就好了。

直到有一天，班主任突然给她打电话，叫她去学校，她蒙住了，不知何事，怀着一颗忐忑不安的心，出了莲亭。到学校，她才知道，儿子玩人家同桌的手机时，不小心摔坏了，人家让赔，儿子不赔，打了起来，又把人家脸抓烂了。

班主任是个特别年轻的姑娘，化了浓妆，坐在办公椅上，翘着二郎腿，皮鞋尖如同锥子，高高戳着，咄咄逼人。她站在班主任跟前，一对比，像只丑小鸭站在天鹅旁。她拘谨、胆怯，双手吊着，抓着裤缝，低声说，刘老师，我来了。过了片刻，班主任抬起一张跟刷过白漆一样的脸，张开红唇，露出白牙，训道，你们家娃，太捣蛋了，我们教不了了。她站着，勾着头，好像是她犯了错误似的。现在倒好，人家那孩子的家长直接把我们校长批评了，你知道吗？那孩子家长是谁？我们顶头上司，县教育局基教科的科长……她感到眼前发黑，透不过气，双腿也抖了起来。她觉得大祸临头了。

训完，班主任转身，批起了作业，不再理睬她。每一本，随手一翻，都写个大大的"优"，很潦草的样子。过了许久，班主任又说，学校的意思是，你们家孩子是农村转过来的，希望还是转回去，可能好些，那里孩子更适应，在城里，学习跟不上，作业完不成，还经常捣蛋，你说呢？她一时无语，不知该如何回答。班主任说完，起身，高跟鞋踩着地面，当当当出了办公室，到门口时，补充了一句，这是学校的意思，可不要怪我。她蒙了半天，才反应过来，等跑出办公室，已经没有班主任的踪影。她去找校长，门锁着。去找教导主任，教导主任说找校长，他做不了主。找副校长，说还是找校长，他是个闲职，不管事。最后，她真的不知该找谁了。她只能去教室，拉着儿子的手，抹着眼泪出了校门。

这一次，她再也没有力气打儿子了。

儿子哽咽着，鼻涕和泪水，混在一起，挂在下巴上，小身子因为哽咽不住地打颤。他哭着说，妈妈，我不是要玩他的手机，我是想借他手机给爸爸打个电话，告诉他前几天你昏倒了，我还想给王老师打个电话，他给我教过一年级，前几天二楼叔叔辅导作业时，我从电话里听说王老师住院了。说完，孩子哇一声哭开了，哭成了泪人儿。她抱起儿子，一边揩着自己不断涌出来的泪水，一边用衣袖给儿子擦着断了线的泪珠。

当然，这些都是她退房时给三眼说的。她还想给我告声别，可我不在。后来，我突然想起，她的两个孩子要是不转学，父亲的学校是不是就不撤了，现在，他们回去，村里的学校却没有了。

三眼一楼最角上的那间房子一直空着，好长时间了，没人来租，要么嫌小，要么嫌贵，要么嫌没光线。租房的人前脚刚出门，三眼一手关着那间房子的窗户，嘟囔道，毛病还多得很，嫌这嫌那，要有钱去住别墅，跑莲亭来挑三拣四，就这房，也是前几天人刚搬走，才腾出来的。三眼狠狠咳了一口痰，咽了。

　　我躺在床上，随手翻着书，听见三眼接了电话，压着免提，对方问，那间房子还没租吧？听声音，有点像那女人。刚准备听下去，我的电话响了，对方说，我是县委组织部办公室，竞聘成绩出来了，请你明天到305办公室报到。挂了电话，我突然想起那女人熬着的中药。砂锅里，咕嘟嘟冒着泡，药味弥漫了院子。

荷马的忧伤

腊月，城市除了凛冽之气，竟片雪未落。学生们裹紧棉衣，瑟缩着，在校门口进出，像一群鱼，在冰层下游来游去。我去学校办事。

我一直在酒店打工，当服务生，每天跟着一群五十岁满脸褶子的大妈换床单、打扫卫生、擦桌椅、消毒等，这让我极度郁闷。我想，这都是娘们干的活，我一个爷们，最不济也得当个保安啥的。况且，我还是中文系本科生，干这破活，让人着实憋屈。可又能如何，就业困难，一毕业又毫无工作经验，只能在酒店谋一口饭吃。但当铺床单的服务生，毕竟不是长久之计，我还得考个工作。这一点，我心知肚明。

在酒店我已快干了一年。铺床单、打扫卫生这类活，我已干到得心应手，但每次客人退房后，屋子里凌乱不堪也就罢了，但那种暧昧气息让人反胃。汗味、橡胶味、药水味、腥味、脚臭味，混合在一起，甚至还残留着压抑的呻吟，在打开门的一刻，扑面而来，让我晕头转向。我曾向经理提出换岗,但被拒绝。我带着愤懑之情,在打扫完房间后,怀着报复心态,躺在床上,把自己摊开,舒舒服服睡一刻钟。甚至想象,如果有个女朋友该多好,我们就可以在这柔软而洁白的床上挥汗如雨、死去活来。然后留下那种暧昧气息,让别人打扫。我唯一感到满足的是,我把这家国际酒店的床,利用两月时间,都睡了一遍。近百张床啊,试问有几人能做到,哈哈。把这些时间累计起来,相当于二十四小时。那等于这六百元的客房,被我白白睡了一整天。带着这种满足感,我继续在酒店干着娘们干的活。

当然,这期间,我也参加了一次事业单位招考,因为没复习,加之报考人数众多,岗位需求又少,我只能当个炮灰。但即便如此,我依然有一颗被招安的心,想着考个事业单位,虽不是铁饭碗,但也是塑料的,端在手里,心里踏实。再也不用干这劳什子活,被一帮毕业后作鸟兽散的同学在微信群里笑话。不过就在报考时,我档案有个地方不合适,应该是学校填写时疏忽大意,搞错了。为此,我又得去学校开证明。证明我就是我,我在档案上不是我是因为学校搞错了,特此证明我是我没有问题。

学校还是老样子,贴着老旧瓷砖的校门,刷了灰漆的教学楼,永远昏昏欲睡的看门老头,落了叶子反倒筋骨健壮的梧桐。还有学生,每年都有新入学的,每年都有毕业的,一波接着一波,潮水一般,可大家都是同等面貌、同等穿着,我甚至怀疑那些毕业的又来入学了,年复一年,是同一拨人,循环往复着。就在开完证明,我满怀羞愧(一个在酒店当客房服务员的毕业生，没有给学校争光，甚至在拉低下限，人家回校是荣归故里，我则如丧家之犬，我甚至感觉到学生们犀利的眼睛在戳着我的脊梁骨，说：你看这人，铺床单的。）离开时，对面一个面貌和穿着稍异的人，与我擦肩而过，我把头缩进衣领，仅是眼角一瞟，没有在意。走了没几步，我肩膀被拍了一下。转身，把脑袋稍微伸出几寸，我还在疑惑中。

王社长，你不认识我了？那人从灰棉衣中抽出手，伸过来就握。我带着几分疑虑，做了配合。

我何马啊，还没看出来？你再看看，他顺手抹掉头上的暗红色棉线帽，一头弯曲扭拧、油光明亮的黑发，瞬间膨胀开来。是何马，没错。

我又一次握了握他的手，带着几分关怀之情，拍了拍他肩膀，说，认识认识，诗人荷马啊。

他把额前的头发拨拉到一边，脸上明显开阔了，且带着几分欣喜，问我来学校干吗。我说了开证明准备参加考试的事。他嗷嗷点头，说你们都毕业两年了，时间真快。又问我干什么工作。我曾作为文学社一社之长，此刻在诗人荷马面前，羞于开口说自己铺床单，犹豫片刻后，说，我在某国际酒店当大堂经理。他又嗷嗷点头，愈加欣喜了，说真好真好，都是大经理了，有出息啊。我们闲聊了一会，风把他细瘦的身躯吹得哗啦作响，再吹，他就要飘起来了。我说我该回去了，酒店还有事。他一把拉住我，忙说，那怎么行呢，你来了，我该请吃饭，走走走，你上宿舍等我，我去打饭。他硬拉着我走，我只好跟着。

　　宿舍没人，床铺凌乱，和我在校时，几无区别。只是有种错觉，让人恍惚间，似乎回到了上学时某个冬日午后。我坐在何马的床沿上，他的被子堆在一边，床单卷皱，隐约有汗渍和污垢拓下的轮廓。床头枕边，散乱丢着几本书，除课本外，还夹着一本诗歌年选，年选是三年前的。我拿来顺手一翻，里面落下一张卫生纸，用蓝色笔迹写着一首诗。我刚要看，何马推门进来了，牙齿打战，说，迟了，没饭菜了。我夹上纸，放下书。他从宽大的衣兜里掏出四个馒头，左右手各两个。喏，你吃这两个，太简单了，不好意思啊。我接过馒头，馒头上粘着他衣兜里的碎纸屑、渣滓、灰尘等。接过馒头时，我看他十指没有指甲，光秃秃的，像梧桐树枝。我心里一阵难过，跟心坎上放了一块寒冰。

　　你这指甲？

　　吃药，掉光了。他拍打着馒头，坐下，又从裤兜里翻东西，上衣挡着，只得站起来，把馒头放在枕头上，撩起衣襟，掏了出来——一包咸菜。又到柜子里取出饭盒盖和筷子，撕开咸菜，挤到盖子上，把包装袋上的几滴辣椒油抹在了馒头上，又给我用他的杯子倒了开水。我们坐在床两边，他随手取来那本诗歌年选，垫在下面，放好咸菜和开水。他似乎带着歉意，用两个馒头招待我，实在寒酸。不过又安慰我说，你尝这馒头，是不和以前味道一样。我点头嗯着。他说，都是青春的味道啊。我一笑，心里的酸涩又浮了一层沫子。他用下巴指指床，说，这不是我的，我没宿舍，学校没安排，我外面租房,这是另一个同学的,人家有钱,谈了女朋友,宿舍不方便,去外面包了一间宾馆的客房去住了……馍馍噎着了他,他咳嗽了一会,脸憋得通红。我说,我给你倒杯水。他一手拿馒头捶着胸口,一手举着筷子摇着,表示不要。过了一会,气顺了,又说,冬天出租屋冷,我这同学心眼好,床铺留出来让我过冬。

说毕,停了片刻,他示意我吃咸菜。我用筷子尖指指那本年选,问,还写诗吗?他低下头,嘴角裂出一团笑,跟叹息一般。

我跟何马是同级同班,中文专业。刚入学那会,何马留着一头长发,瘦高个,披一件旧风衣,穿梭于校园,像半截旗杆挂一面旗,风吹着猎猎有声。到教室上课,坐最后一排,总是半歪着脑袋,沉默不语。有时找他说话,他从长发缝隙里送出一个白眼,鼻子里哼一声,脑袋点着,鄙视一切的样子。于是,我们便少与他往来,而他,也懒得搭理我们,独自承受着那份孤单。

后来,听人说何马写诗,是诗人。我先是一惊,接着便坦然了。以他的相貌和行为,说他是诗人,倒是颇为吻合。不过如今在学校,诗人群体早已没落,不像上世纪八九十年代,诗人风光无限,堪比现在一线明星。谁要是写诗,且在刊物发表诗歌,那真是星光熠熠,数不尽的女粉丝暗送秋波,甚至直接投怀送抱。遗憾的是,我们没有赶上那个好时代,不但没赶上,反而走在了那个时代的对立面。如今,说谁是诗人，也就基本等同于说他是神经病。女同学一听诗人二字，都退避三舍。她们追求的对象是富二代、拆二代，白天有人送外卖，晚上一起去蹦迪、住酒店。

在学校，我也写东西，不过是小说。同学们知道后，略有佩服，毕竟写小说字数多，费时间，还要耐着性子，且要会讲故事，偶尔有个稿费，数量也比较可观，足以吹着牛请大家撮一顿大盘鸡。大家倒是对我颇有好感，也有女同学私下递来情书，表达爱慕之意。不像对待何马那般，满是嘲笑。但毕竟小说诗歌都是文学，也属自家兄弟，我倒是对何马有些天然的亲切。但这种亲切，也仅是表面，互相偶尔闲聊几句，扯扯当下顶流作家，猜猜下届诺奖得主。但我明显感觉，他以一个诗人身份对我这个小说写作者又有些许漠然。他那种优越感和高傲感，或许是诗人的基本属性吧。

日子就这么过着，我们上课，吃饭，睡觉，谈恋爱，聊八卦，闲游逛，把后青春的尾巴高高翘起，招摇在时间的风尘里。

有一天，应是早自习，我们在教室，或看书，或玩手机，大家都很安静，蒙头各干其事。突然有人拍打着黑板，大叫道，大家都抬头！我们一惊，应声望去，何马站在讲台上，一手握拳，一手提着风衣衣襟，居高临下，怒视着我们，甚至因愤怒而嘴角有些抽动。我们齐刷刷看着他，有些蒙圈，这个大多时候被我们遗忘的人，第一次如此明目张胆站在众人面前，倒是稀有。他又敲了一下黑板，扫了一圈教室，拍拍胸口，说，下面，我郑重宣布，我是诗人荷马，荷是荷花的荷，马是荷马的马，以后大家要叫我荷马，而不是何马。我们是中文专业，自然知道荷马。外国文学讲荷马一章时，老师正好去流产，让我们自学了。我们自学到荷马时，很自然联想到教室最后一排的何马，也打趣过他，但没有太多在意。经他这么郑重一宣布，我们倒是被惊醒了，他应该是诗人荷马，而不是何马。

诗人荷马大手一挥，又说道，你们这群不读诗、不写诗的白痴，打着中文专业的旗号，不学无术，虚度光阴，你们应该为自己的作为感到羞耻，感到痛苦。他义愤填膺地批评着我们，又带着几分怒其不争的慈悲感。而这时，有女同学没憋住，发出了咕咕的笑声，也有人小声嚷了句有病。诗人荷马明显听到了，他脸色血红，牙关一咬，顺手一拳捶在讲桌上。伴随着我们的惊叫，咔嚓一声，讲桌两条腿瞬间断裂，"膝盖"一软，跪倒在诗人荷马眼前。诗人荷马毫不在意，厉声道，在这个诗歌式微、道德沦丧、价值坍塌的时代，我要带领你们这群中文专业的离经叛道者，重振诗歌辉煌，重续诗歌传统，重写伟大诗篇，让诗歌的光芒再次照耀大地，重新点亮人们内心的灯盏，让诗意的火焰再一次为青春命名、再一次把叛逃者焚烧，给坚守者力量……他因过于激动，下巴开始不住颤抖，两腿也把裤管摔得哗啦啦响。

他在讲台上平复了约一分钟，接着说，下面，我朗诵一首自己的诗歌，大家先鼓掌。我们明显被诗人荷马震慑住了，他的威力、暴躁、气场，让那发笑和低语的女同学有些瑟瑟发抖。我们身不由己，鼓起了掌。

　　河流修改河岸
　　白云修改青天

　　就如同
　　我修改你

　　蜜蜂修改春天
　　雨水修改咳嗽

　　秋天了
　　果实挂满窗口
　　蚯蚓守着灶台

　　一个人用刀
　　修改被绝症扼住喉咙的命

　　读完后，诗人荷马摆摆双手，示意我们不要鼓掌。他又扫视了一圈我们，然后把歪歪扭扭的讲桌扶了扶，抱拳道，各位诗友承让，承让。说完，径直走出教室，决然而去。

　　自此，我们就直呼他诗人荷马了。很多时候，他都是特立独行，偶尔也有一两个志同道合的诗人去找他，他们坐在宿舍，大声谈论诗歌，声嘶力竭争吵，随后以朗诵收场。他也邀请我前去参与他们的诗歌活动。因为他知道我写小说，偶尔发表，且文学社社长有意将下一届社长委任与我，这让他高看我三分。每一次，他都让我发表意见，甚至朗诵。我对诗歌一知半解，加入不了他们的话题，而小说又不利于朗诵，我只好讲一两个荤段子，博得他们一笑。

后来，我顺利接过文学社社长一职。文学社有会员三五十人，是学校人数最少的学生社团。我也曾试图壮大队伍，有慕名而来者，参加了两次文学活动，便觉单调乏味，不如其他社团还能聚餐K歌，最不济还有长相出色的师妹可以撩撩，自然就不再来了。于是，这三五十个社员，在我极力忽悠下，还是如杨令公舍子——越来越少，这让我极为郁闷，直呼文学早已日落西山。同时，文学社还办有一本刊物——《奔腾》，据前任社长说，《奔腾》也有辉煌之日，就是上世纪八九十年代，人手一册，上《奔腾》成为一种莫大的荣誉，甚至有人为能在《奔腾》露一下面，发一句诗，请社长连吃一周牛肉面，加蛋加肉。如此吃法，在当时，简直就是暴殄天物。如今，《奔腾》已从昔日滚滚翻涌的黄河，干涸成为裤腰带粗细的溪水，用副社长的话说，不如一个小伙子的一串尿了。

我们感慨着，对往事反复咀嚼回味，也对眼下满是无奈酸楚。

这时候，据说诗人荷马在创作一部新时期的伟大史诗，已经三千余行。他开始不上课，窝在宿舍潜心抒写。甚至不洗头，不洗衣服，完全沉浸其中，难以自拔。除去一日三餐，他几乎过上了与世隔绝的生活。好多同学已经一学期没有见过他了。

有天晚上，我因失恋待在宿舍没去上自习，痛不欲生，大有被那女生抛弃后自我了断的决心，但一想我好歹是一社之长，何必如此？况且天涯何处无芳草，离了狗粪难道不种荞？这么自我安慰一番，也算疗伤，心中略有平复，靠在床沿唉声叹气。这时，宿舍门吱一声被掀开，诗人荷马大步走了进来，身上没有穿他四季不换的风衣，而是披着一张蓝白相间的格子床单。一进门，径直到我跟前，扑通一声，单膝跪地，双手捧起我的脚，疯狂亲吻起来。因为近期遭遇爱情困境，其他事都无暇顾及，我的脚已半月滴水未沾，黏糊酸腐，臭不可闻，我看到都十分反胃。而诗人荷马竟然狂吻起来，这让我又惊又怕。极力想把脚抽出来，逃之夭夭。但他抱得紧，力道大，我难以挣脱。他一边吻着，一边呓语：我伟大的缪斯，我无上的缪斯，是你给我了通天才华和无尽智慧，是你用海水和火焰为我的灵魂注入无竭的动力，让我完成了惊世的诗篇。如果彼岸花盛开，如果通天塔修成，我将拜服于您的脚下，永世为奴，我愿用生命做你诗歌的修辞，死而无憾。伟大的缪斯之神，让你的诗意毁灭我吧，让你的言辞掩埋我吧。让我此刻死去，让我的诗篇不朽。伟大而光荣的神！

在他的呓语中，我隐约猜想到他的伟大史诗完成了！他已不再是何马，而是真正意义上的伟大的诗人荷马了！我几经挣扎，终于抽出脚，顾不上穿拖鞋，跑到宿舍门口，因受到惊吓而浑身起满的鸡皮疙瘩扑簌簌落满一地，继而又是冷汗在额头、后背、胯下等纷纷渗出。

诗人荷马几步走到我跟前，我躲不及，他一把揪住我衣领，怒目圆睁，双眼血红，浑身战抖，一词一顿，叫喊道，请你，王社长，务必，立马，现在，把我的三千行长诗，在《奔腾》，全文刊发，这注定，是一首震古烁今、流传千古的，旷世的、牛逼的史诗，我要为世界诗坛，投下，原子弹，我要毁灭，你们人类所有的诗句，唯独，让我的，长存于世。他又使劲摇了摇我，摇得我有些头昏脑涨。他接着说，如果不发，那就是你，独裁，霸道，专断，我要，代表缪斯，消灭你！刚一说完，甩手把我扔到墙角，地上有拖把水，我脚下一滑，踉跄倒地，躺在污水中。诗人荷马仰天长啸，扯起床单一角，扬长而去。

后来，便是暑假，我们都各自回家了。带着失恋给我造成的沉重打击，我像残废一般，回到了家。整个假期，那些未完待续的小说一字未动，我想永远也不会动了。我唯一可做的事，就是和五十岁了还保持单身的母亲叫板，对着干，然后反复阅读格非的小说《褐色鸟群》，作为中国当代最费解的一篇小说，到处闪耀着博尔赫斯式的诡谲光芒与自我指涉的绝妙色彩，那真是一个牛逼闪闪的小说。

自然，诗人荷马也回家了。

很快，又到了九月，开学了。我们陆续到校，上课，吃饭，睡觉，谈恋爱，聊八卦，闲游逛，把后青春的屁股高高翘起，被俗世的冷风反复啪啪抽打。日子就是这般，陈旧，重叠，甚至乏味、干裂。而诗人荷马再没有到校，他的座位一直空着，时间一久，大家几乎将他忘记了。

有一天，我们正在上课，大家昏昏欲睡，老师也讲得有气无力。门口两个黑影，一闪，又一闪。是诗人荷马。他背后一个瘦弱的老人，一身黑衣，黑脸，像一颗煤，将他推了一把，说，进去吧。诗人荷马带着几分羞怯，进了教室，老人看了他几秒，转身离去了。诗人荷马剪了短发，穿一件藏蓝西装，人倒清爽了许多，但面色苍白，甚至有些虚弱。老师示意他去坐，他两手抓着西装衣襟，回到了自己座位。

往后的日子，诗人荷马依然寡言，时间一久，我们还是几乎要将他忘记了。

只是听说，暑假期间，诗人荷马住了精神病院。他带着三千行长诗回到家乡小镇。父亲已听说其在学校写诗，有些疯疯癫癫，本欲带他去找乡间医生看看，抓几服药，趁着假期，疗养一番。可不承想，诗人荷马提出，要拿出家里的三万元，印刷自己的诗集。父亲自然是不会同意，那笔钱，是有一年母亲挖了一个夏天药材，拿到街上去卖，结果被三轮车碰撞身亡，人家赔的钱。本欲多让赔些，毕竟人命价，三万元是不可能的。可那三轮车司机是破落户，除了两间土坯房、一辆旧三轮，就仅剩一条命了。最后实在没辙，收了这笔钱，就算了了事。钱到后，一直存在银行，分文未动。好多年了，就像银行存着一条活命，想起来，就难过，就想跑到银行看看。

诗人荷马要动用这笔钱，这如同给父亲心上扎刀子，自然是不会同意的。于是诗人荷马和父亲大吵大闹，不得消停，说是什么旷世奇作、什么名留千古、什么诗坛、什么原子弹等等。父亲一介农民，自然不懂这些乱七八糟的东西。诗人荷马不依，爬上房顶，开始掀瓦溜椽，父亲搭着梯子，把儿子赶了下来。儿子从屋顶下来，满屋翻找银行存折，父亲一怒之下，趁儿子不备，翻出那写在稿子上的厚厚一沓伟大史诗，塞进灶口，付之一炬了。

史诗被焚，诗人荷马躺在床上不吃不喝三天，大声哭吼三天，第七天一早，猛然从炕头爬起，裸着身子，像一只猫一样，弓着腰从屋里弹出去，消失在了镇子对面的森林中。两天后，父亲带着人，在森林中发现他的踪迹。众人商议后，挖了坑，铺了杂草，搞成一个陷阱，像赶一头野猪一般，将儿子赶入陷阱，成功"捕获"。最后，又在众人建议下，送到了精神病院。

我们想着诗人荷马被治愈了，也不再写诗了。他偶尔会来找我们，试图融入圈子，虽然不善言辞，但总是默默听着。大多时候，我们这群被荷尔蒙撩拨得瘙痒难忍的青年，围抵在一起，话题离不开女人，从新来的女老师，到隔壁班女同学，再到小师妹，如过筛子一般，齐齐经受我们检验。而检验的标准则是谁的屁股翘，谁的腿长，谁的腰细，谁的胸大，谁的脸白等。并经过反复讨论后一致认为：屁股翘性感，腿长耐看，腰细好搂，胸大巴适。说着说着，绘声绘色起来，就往下三路蔓延开去，满脸邪淫，垂涎欲滴，发出了腥膻而浑黄的笑声。这时，有人回头问，荷马，你作为大诗人，有女朋友没？没的话，我们给你介绍一个，开房的钱，哥们几个给你凑。诗人荷马脸一红，带着羞涩，埋下头，嘿嘿笑着，没有言语。

　　后来，班上男同学果真给诗人荷马介绍了女朋友，是小师妹。因入学不久，自是不知诗人荷马过往之事。小师妹其貌不扬，长着几粒小雀斑，但人甚是单纯，且有几分可爱。诗人荷马也不像我们满脑袋情色之事，在恋爱中很拘谨。谈了数月，连手也没有拉过，嘴也没有亲过，更别说去开房了。我们笑着打趣他，是不是功能不行？他摸着头发茬，说，要珍惜，好东西要捧在手心，不能轻易使用。刚说完，惹得我们哈哈大笑，骂他是呆子。他倒一本正经，反衬得我们十分猥琐。

　　诗人荷马和小师妹的恋爱就那样风轻云淡地进行着，一起吃饭，一起散步，一起逛街，一起看电影，一起谈文学，成双成对，又保持距离。这段时间，诗人荷马开始给小师妹写诗了。他重新回到诗人的身份，每天送一首诗给她。我们又带着几分嘲笑，但又担心他再进精神病院，劝他好好恋爱，切莫写诗。他倒是固执，嘴角一挑，说，唯有诗歌才能表达我对她的爱慕。说着，挤进人堆，满面春风，看着我们说，我读一首给你们听听，颇是期待。

　　　　天空真嫩
　　　　掐一把　满手沾染上蓝

一朵云　赶着拥抱另一朵云
　　多么肥而白的爱意

　　葡萄在六月怀孕
　　苦瓜在秋天出嫁

　　写信的人　连同自己打折　装进信封
　　寄给了黄昏

　　我本以为诗人荷马和小师妹的恋爱会一直坚持下去,他们风轻云淡,清汤寡面,可能是校园里最纯洁的一对恋人。但某一天,诗人荷马尚未灿烂的爱情结了苦果,且随后,便于这爱情中凋残了。

　　某一天,他带着小师妹逛完步行街,给她买了毛绒玩具,晚餐火锅后,又去了影院,一场美国动作片,外带各种挑逗、暗示和怂恿。在震撼人心的音效声中,他们十指紧扣,内心潮湿。观影结束,已是十一点,校门早就上锁。两人在街头徘徊一阵后,小师妹提出去住宾馆。诗人荷马犹豫了片刻,倒不是怕花钱。最后他鼓足勇气,拿着身份证先进去开好房子,然后打电话告知房号,小师妹随后进来。在房间,两人讨论了一阵电影情节,小师妹说瞌睡了。诗人荷马坐在床沿,说我看一阵电视,你先睡。其实他也略感疲乏,只是孤男寡女共处一室,让他紧张,只能通过看电视来掩饰。小师妹脱了外套,脱了裙子。脱衣声窸窸窣窣,在诗人荷马耳边撩拨,他又以大口出气来减轻紧张,还有窘迫和燥热。小师妹像一条白鲇鱼,滑入被洞。过了片刻,用脚尖蹭了蹭诗人荷马,说,你帮我解一下胸罩。说着,翻身趴在床上,把后背裸露于外。诗人荷马转头,看到了另一种有别于白床单的白,在眼前如水波晃荡,而他内心的潮水开始拍打心坎,浪花四溅。他愣在床边。小师妹明显有些愠怒,来帮着解开啊。诗人荷马上床,伸出手,在胸罩排扣上解了半天,手哆嗦着,额头沁出汗珠。他终究没有解开,那排铁扣如同牙齿,咬合在一起,同时还咬着他的心。其实,他用双手,或者使点力,排扣便会应声而开。但那一刻,他想到了接下来即将发生的事。他收回手,呆呆看着那嫩森森的后背,如同一片未曾被开垦过的草地,完整、新鲜,甚至蜂蝶翕动翅膀的响声,泥土濡湿的欲望,都让他寸步难移。小师妹翻身而起,眼含泪花,紧咬嘴唇,看了他足有一分钟,说了句,你不是个男人。顺手扯过衣服,潦草一穿,提着包,夺门而去。

  那天晚上,诗人荷马如一截枯木,在床上立了整夜。电视一直没有关,嘈杂聒噪之声不绝于耳,但他已听不清了。那只玩具熊,坐在沙发上,歪着脑袋,如同被遗弃的婴儿,竟有细细的哭声。他知道,他们的爱情就此结束了。他也知道,喜欢的东西皆要珍惜,所有的破坏都将裂痕难缝,即便他也焦渴难忍,但绝不能在那片圣洁之地留下脚印。他想,那就此别过吧。他拉开宾馆的门,外面正下着初雪,白茫茫一片,世界模糊。

自此，诗人荷马就鲜与我们来往了，大多时候，都是孤身一人。某一天起，他又变得怪异起来。诸如：在楼道内大声朗诵《荷马史诗》，抱着那只熊在操场反复奔跑，把写有诗歌的纸张贴满校园每一棵树。甚至开始彻夜不睡，到水房把羽绒服洗了，挂在窗外，不到一小时，羽绒服冻得硬邦邦的，从窗外扒拉进来，生生套在身上，像穿一副铠甲。穿上后，在宿舍不停走动，吓得舍友整夜提心吊胆，生怕他有过激行为。

我们决定把诗人荷马的异常举动第二天报告给学校，当天晚上，诗人荷马倒是分外正常。他扒掉铠甲，躺在床上，安静睡去了。我们隐约听见他微弱而均匀的喘息，像一朵云，飘浮于他的头上。我们想他应该正常了，于是各自睡去，且长吁一口气。

正当我们在梦中逍遥自在时，一声长啸，石破天惊般在楼道炸开。我们几乎被惊得屁滚尿流，从被窝里弹出，跑到宿舍门口，远远看见诗人荷马站在楼道顶端的窗口，从窗户里飞了出去。我们跑到楼下，叫醒舍管大妈，打开门，到楼下一看，空无一物，甚至连那排冬青也毫发未损，这真是奇怪。我们商议，得尽快把他找来，别出了事。于是分头行动，在苦寒的街头，裹紧衣裳，吸溜着鼻涕，借着疲惫而昏暗的路灯，仔细搜寻着。

应该是凌晨四点，我们找了三个钟头，终于在步行街找到了诗人荷马。他骑着一辆不知从何而来的自行车在转圈。一圈，接着一圈，像一只陀螺，毫不停歇，他竟然不晕乎。

我们赶过去，吆喝着他的名字，他无动于衷，还是不停转圈。我们冲过去，从自行车上把他扯下来。他倒在地上，竟然闭着眼睛，在睡觉，甚至打起了呼噜。我们摇了半天，他都没醒来，只好又背又抬，花了两个小时，搞到了宿舍。

当天下午，他那瘦弱焦黑的父亲，带着人，开着三轮车，把他接走了。临走时，他朝我们笑着，说，告诉小师妹，我把所有给她的诗篇，都已经焚烧了，那些诗，将如蝴蝶，永远飞舞在我们的爱情中。我们两眼酸涩，不知该作何回答，只是招了招手。

后来，我们就毕业了，像一树猢狲，四散而去。直到毕业，诗人荷马都没有再来上学，听说他又去精神病院了。

从学校回来后，我脑海中一直浮现着诗人荷马的面貌。清瘦，惨淡，甚至带着枯焦。我没有问他中途停学后这三年怎么过的，包括去精神病院的事，怕惹他伤感。他只说出院后，在家休养了半年，又到学校，多方哀求，才重新在大三入学，但学校以床位紧张为由，住宿让自行解决。

到新年后，气温极端寒冷，街上已鲜有人往来，一场大雪正在更北的北方拍马赶来。我们酒店生意也颇为惨淡，加之新冠疫情影响，每天入不敷出，大老板吊着哭丧脸在大厅坐着，员工们稍有不慎就会惹怒他，然后劈头盖脸一顿。有次我从楼下搬洗衣公司送来的床单被套，装在平板车上，拉过大厅时，被大老板叫住，狠狠收拾了一顿，我不知所以，很是委屈。大老板指指平板车后面，我才发现是一条床单角掉在地上，我赶紧重新码放了一下。大老板骂了句，没脸色，我看你连个铺床单的活都胜任不了。我窝着一肚子火，上了客房，坐在草铺间。心想，我他妈好歹一个本科生，要不是生活所迫，谁干这窝囊活，看你那鬼脸色。再想，他可能是想用这种方式，逼我主动辞职，正所谓隔山打牛。如果他们辞退我，没有理由，怕我闹事，所以让我主动，他们正好顺势而为。那就走吧，此处不留爷，自有留爷处。

第二天，我打了辞职报告，很快批了下来。下午，结清工资，就可以拍屁股走人了。带行李时，我收到诗人荷马的信息，说学校已放寒假，他不准备回家，已在一家房屋中介公司找了工作，挣点钱，现在有空，想来找我玩。

我约他到一家烤肉店见面。

烤肉店就我们两人，店主烤完半把肉、半把筋、半把毛肚、一把面筋、一把韭菜，送来一箱啤酒后，缩在火炉前，心不在焉，玩着手机。我和诗人荷马对面而坐，吃着肉菜，喝着啤酒，闲聊着。大多是谈及一些校园往事、同学旧事，也说一些毕业后的酸涩不易。但我们都没有提及那段他写诗、我写小说的经历。那段时光就像一只满是裂缝的陶器，摆于我们中间，得小心翼翼避让着，稍有不慎，便会碰碎，满地残渣，满地伤心。很快，肉菜一扫而空，只有铁签，散乱撒在桌上。我们一杯接着一杯，大口喝酒。泡沫破碎的声响，在寒冷之夜，尖锐而惊心。一瓶空了，又是一瓶，我们醉意朦胧。烤肉用的炉火已灭，老板袖着手，像一只鹅，把头塞进翅下，沉沉睡去。诗人荷马起身，摇晃着出门去路边撒野尿。进来后，浑身抖动着，双眼眨巴，满脸泛红，说，下大雪了啊。我转头，隔着玻璃，隐约可见大片雪花，棉絮一般，乱纷纷落着。

诗人荷马醉了，耷拉着脑袋，不时端起酒杯抿半口，嘴里发出古怪的嘿嘿声，不时来一句他妈的。我也有些晕乎，眼里全是飘荡的影子，站起来，两腿发软。这种名叫乌苏的啤酒，酒劲很大，一般酒量每人三瓶就已到位，四瓶已是顶点，我们两人差不多喝了十瓶，属于极致发挥。在晕晕乎乎中，诗人荷马摇晃着站起来，举起满满一杯酒，洒洒下来，流过指缝，落满桌子。

他说，王社长，我敬你一杯。我端杯，起身。

敬你，还记得我，也敬过去。他伸来酒杯，和我一碰，举头一饮而尽。低下头的一刻，我看见了他眼角的泪水。坐下时，他手一松，酒杯掉到了地上。哐当之后，破碎声四溅开来。老板从翅下拔出脑袋，睡眼惺忪瞅着我们。屋外的大雪也乱了方寸。

我突然想起北岛的散文：那时我们有梦，关于文学，关于爱情，关于穿越世界的旅行。如今我们深夜饮酒，杯子碰到一起，都是梦破碎的声音。

杯子碎裂的一刻，我猛然间发现：关于青春，此刻，我们真的一无所有了。

从烤肉店出来，我们走在大街上。茫茫大雪，纷纷扬扬，是这个城市这么多年，最大的雪。映着昏黄的灯光，大雪如幕，铺天盖地倾泻下来，似乎要把万物淹没了。我们踩着没脚的雪，互相搀扶着，东倒西歪，不知去向。学校已放假，而诗人荷马的出租屋又很远。我也辞掉了那份鸡肋工作。最后，我决定，去那酒店开一间房住。他妈的，老子铺了这么久的床，还没完整地睡过一夜。我他妈这次去，是客人，是上帝，不再是寄人篱下的打工仔。要是大老板在，我一定会揍他一顿。

到酒店，我理直气壮，吧台服务员小雨认识我，叫着王哥，看我又回来，很是惊奇，又见我醉醺醺。我说开一间房，她犹豫着，我说我掏钱，难道你们拒绝客人入住？小雨哦哦着开了房。我和诗人荷马上楼，进了房间。他问，王社长，你是经理还掏钱。我苦笑道，骗你的，我算个锤子经理，不过是个客房服务生。他哦哦着，问，这房很贵吧。我说一晚上六百。他啊啊叫着，嫌弃太贵，不如去小旅店，实在不行在银行自助服务厅睡一晚也行。我骂道，他妈的，我们享受一晚上不行吗，我还从没这么睡过一次，贵就贵，没钱明天再挣。我把自己摔到床上，床弹性太好，把我弹起好几次，弄得我差点吐了。我四肢叉开，平展展躺着。真舒服，真自由，真他妈好。

睡到半夜，酒劲减退，我猛然醒来，一侧身，看见诗人荷马还坐着。我问怎么不睡。他说睡不着。我又问，再写过诗吗？他把头靠在床背上，说，写过，从今天开始，再不写了，以后就叫我何马吧。又说，你听，雪落下的声音。

如今，我已是县农业局的一名事业单位干部，每天扎进领导讲话中，与强调、指出、要求、切实、全面、充分、县域经济、农业产业、良种繁育等等这些乏味枯燥的词语打交道，整个人在单位变得谨慎、懦弱，甚至猥琐，至于那些文学、那些小说、那些校园往事，都如废纸，装进碎纸机，被打成粉末，倒掉了。在单位，大家忙着巴结领导、忙着应付检查、忙着扩大社交圈、忙着喝酒玩乐，没有人怀揣任何一丝文艺情怀，起初，我试图找个人聊聊文学、小说，或者青春也行，竟遭到嘲笑。于是，我开始向那些油腻同事看齐，学着阿谀奉承，学着两面三刀，学着皮笑肉不笑。现在的我，一方面想捞个副科干干，虽不能光耀门楣，但至少在小县城，也如猪油一般，漂在了人上面。一方面和同事、朋友出入于饭店、KTV，成天吃喝玩乐，给自己物色女朋友。

后来，大学同班同学聚会，第一次，我因事未能参加，具体何事，想不起了。第二次去了，来的人不多，小一半。大家按官职大小和钱的多少分主次坐定。我自然坐门口，一来仅是普通科员，二来每月三千元工资仅够糊口。在学校时，我好歹是个文学社社长，一起聚餐，虽不是主席，但也被尊抬到上席，我也颇为得意。现在缩首角落，大有被忽略之感。聚会间，大家举杯，起初多说一些冠冕堂皇之词，接着便是官场之事和生财之道。干到副处和身家千万的两位同学春风得意，大家频频去敬酒，说一些奉承之词。我也去敬了酒，两人带着优越感，拍着我的肩，说，大才子，王社长，以后有啥困难直接说。我在他们不断的拍打下，只能连道好的好的。

酒过七巡，看似气氛融洽、情谊浓浓。有人笑问我，王社长，有没啥新作，赐我们拜读一下。我忙说不写了。那位身家千万的同学说，以后要出书，给我吱一声，我赞助你五万元，听说现在出书都要花钱，一般作家出不起这个钱。我忙起身，一边道谢，一边为其敬酒。席间，有人偶尔提及校园之事，也仅是三言两语，似乎青春不堪回首。我本想聊聊那时的趣事，因为至少在那段日子，我们是相对平等的，可没说两句，就被人把话题岔开了。于是只好跟着人家随声附和，嗯嗯啊啊了。中间，有人问了句，大家还记得何马不？众人哗笑道，就那写诗的头脑不正常的何马，记得记得。有人补充道，好像回他们县当老师了。我本想说何马后来又到学校接着上学了，我还见过。但看着大家酒后面红耳赤、醉意朦胧，带着对何马的嘲笑和蔑视，便闭了嘴。

我也好多年没联系过何马了。那次大雪之夜喝完酒、住完宾馆，我们就散了。我回到了县城，反复参加考试。他去打工了，春天开学继续念书。也不知他最后毕业了没。

有一天，在同学微信群，有人发了一条新闻，大意是某县一何姓教师殴打学生被开除。原因是何姓教师上完课将笔记本落在教室，课后被学生撕扯玩耍并丢进垃圾桶，该教师回教室寻找无果，又欲去垃圾桶中翻找，结果垃圾桶已被清运车送往垃圾填埋站。该教师找到那几名学生，进行了掌掴。其间被他人拍了视频，发于网络，形成舆情，学校及时处理，将该教师开除。该教师不服从学校决定，反复找校长理论都被回绝。校长说，一个破笔记本，不见了就不见了，我给你拉一车都行，至于打学生吗？该教师说，很重要，里面有我几年的心血。说完，大声哭号着，从六楼一跃而下。

放下手机，我隐约看见了猩红的血液，蔓延开来，四处流淌，如流水，如湖泊，最终如红色的大海，波浪起伏，上面漂浮着一个陈旧的人。

有人在群里问，这教师是不是咱们那姓何的同学？

伤不起

马可现在双目紧锁，像一团和多了水的面，瘫在病床上。他一看见惨白的墙壁和被套，就想到拔过毛的腻白的鸡皮，在水里泡了好几天，便恶心，胃痉挛。可即便闭上眼睛，一片漆黑，但也头疼欲裂，而且在裂开的缝隙里塞满了脏兮兮的鸡毛，鸡毛堆里摇晃着一颗光秃秃的脑袋。这颗脑袋在他大脑里已经塞了好久，让他痛苦、烦恼，甚至恐慌。马可卷起被子把头捂得紧紧的，试图弥补裂开的脑袋，但终究徒然，他只觉得一颗沉重的脑袋像西瓜一样裂成了几牙，殷红的血液沿着白床单渗透开了。

出现这样的症状是在今天早上，平时马可总是早早起床，像一阵愉快的晨风，洗漱妥当后，便轻飘飘上班去了。可今天早上，他却一反常态，蜷缩在被子里一动不动，妻子小新推了推他，说今天是怎么了，还不上班去。马可有气无力地哼了句，头疼，又悄无声息了。到了中午，小新正在厨房打鸡蛋，蛋皮刚挨到碗沿，卧室里马可声嘶力竭地吼了句，受不了啦！接着扑通一声，小新一惊吓，碗蛋双双落地，成了一包渣。小新冲进卧室，一把揭起卧在地上的马可的被子，吼了句，你神经病嘛。吼完之后，却发现马可脸色不对，苍白、蜡黄、灰暗，不同的颜色混合着涂在他脸上。小新问，哪里不舒服？马可摇摇头。再问，要不喝点水？马可微微摇了一下头。又问，要不去医院看看吧？马可没有动。

送到医院后，检查了半天，医生说，没病，就是受到了刺激，让多休息。小新提到嗓子眼的心一瞬间掉下去了。她看着缩在病床上的马可，头发揉成了一团乱草，眼睛闭着，腮帮上的肌肉不停抖动，嘴唇干裂，有凝固的血斑。看着看着，小新心头涌上一阵酸楚，觉得马可可怜兮兮的。眼泪就扑簌簌流到了嘴角，又咸、又苦。

从中午一直躺到下午，马可滴水未进，像死人一样，毫无声息，不论小新问什么，他都缩成一堆，把头紧紧地包着。直到黏稠的夕阳，像蛋黄一样糊在床头时，马可说了句，我不想上班了。小新没听懂，问道，你不想干吗了？上班。你怎么有这样的想法，你不上班了我们喝西北风去，房贷怎么还，我一个服务员，一个月挣个一千元，我怎么养活你。小新说了一串话，觉得口干舌燥，再瞅一眼揢成一团的马可，身体在战抖着，便把剩余的话咽了，然后像半截木头一样呆坐着。

现在头疼稍微减轻了一点，但开始眩晕，感觉整个身子浮在半空，不停地旋转，坠落，马可恶心得更厉害了，他真的不想上班了，他害怕那颗泛着油腻的光秃秃的脑袋了，他害怕光脑袋闪烁着紫青的光芒刺进了他的眼睛，他更害怕光脑袋下那张一瞬间剥落了颜色的脸，他还害怕电话里传来的你他妈马可要我呢的声音，他也害怕被那个朋友堵在门口讨债说他妈的以后老死不相往来，他真的害怕……可这一切都怪那只鸡，那只该死的、杀千刀的、断子绝孙的鸡，要不是那只鸡，我能这么背运？这么莫名其妙害病？这么轻而易举地觉得活不了几天呢？该死的鸡啊，我诅咒你，你个畜生，你不得好死。可这又有什么用，鸡本来是畜生，鸡也已经死了，鸡出生的那天就没想着有子孙啊。那怪谁呢，怪谁，怪我自己吧。

事态的严重性或许远远超出了马可当时的想象，但事实似乎证明，一切没有那么简单，谨谨慎慎、唯唯诺诺的借调人员马可自己也无法控制事态的发生，这一连串的事情关系到马可本人的工作、住房，或者说完全关系到马可现在及以后的所有生活，胆小的借调人员马可还指望勤恳工作把关系转到县教育局呢，现在看来不仅成了奢望而且还会招来大祸了。

马可本来是一位乡下中学的老师，后来花钱找人托关系，目前借调到县教育局办公室写材料。他媳妇小新在一家超市当收银员，小两口一月三千元的工资还过房贷，就只剩几个糊口钱了。加之物价像洪水猛兽节节高升，小两口再节衣缩食，日子依旧过得寒酸落魄。之前马可在乡下教学，来回很不方便，现在盼星星盼月亮终于弄进城，把局长孝敬好，转关系只要等一半年，就是水到渠成的事情了。由于是借调人员，为了表现出色，获得同事认可，马可是每天早去扫地抹桌子提水，虽没有活得战战兢兢，但也兢兢业业，他的勤快热情让势利的大家都觉得马可还算个好小伙。

前天下午，马可闲来无事，正给对面同事诉说生活之苦，说得自己唾沫横飞，大快人心，还说已经一个礼拜不沾荤了，走起路来都好像乘风而行，吃素的日子就当排毒吧。正说得过瘾，办公室主任打电话说，下班后到单位后院领奖金。马可眼睛里，一刹那闪出了火花，已经好久没和奖金有瓜葛了，这突如其来的惊喜，让他有点魂不守舍。

下班后，马可到了后院，看见一只大铁笼里装满了哭喊叫骂的肉鸡，难道奖金是发鸡，他诡异地一笑，觉得下午刚说过好久没沾荤了，一下班肉就来了，真神。原来上次全县搞一项争优活动评选，马可参与的县教育获三等奖，县上给予了奖励。马可又诡异地一笑，娘的，真创新，直接不发钱，奖鸡了。

马可领了两只鸡，倒提着，掂了掂，觉得肉墩墩，沉甸甸，不禁咽了一口唾沫。他抱着两只鸡走了几步，刚把一只往紧抱了抱，另一只却从胳膊底下溜出去了，满后院乱跑，扇得鸡毛像雪花飘。马可像鬼子进村一样，开始捉鸡，惹得其他人捧腹大笑。那鸡也疯狂，一下蹿到了树上，马可蹑手蹑脚到了树下，伸手一抓，糟糕，抓了一把鸡毛，鸡又飞到了另一棵树上。马可一个箭步冲上去，鸡振翅一蹿，坏了，鸡一下蹿到了刚从办公楼里趾高气昂出来的牛局长头上，受到惊吓的鸡，眼珠血红，手忙脚乱，两双爪子在局长头上乱抓一通，局长一时没有反应过来，傻站在门口。最倒霉的是，一头乌发从牛局长头顶轻飘飘落到了地上，还沾着几片脏兮兮的鸡毛。鸡抓掉了假发，一颗光秃秃的脑袋顿时亮在了光天化日下，光亮的头顶登时被鸡爪抓出了几道红印，光头下面的一张脸也由红润变得紫涨，最后发青变得漆黑一片了。等局长反应过来，鸡已经又开始满嘴脏话在院子乱跑了。满院人先一声惊呼，随后张着鞋口子一样的嘴，忘了闭上。从来没有人知道光灿鲜亮、满头乌黑的局长戴的是假发，可马可的一只鸡，对一只鸡，骑在局长头上让这个秘密猝不及防地揭露在职工面前了，这等颜面扫地，简直是局长一辈子的奇耻大辱，似乎再也洗刷不清了。

马可被刚才惊心动魄的一幕吓傻了，冷汗在背上滚滚而下，天哪，我的鸡弄掉了领导的假发，让领导丢尽了脸面，这以后的日子还怎么混啊。马可眼前一黑，呆若木鸡，后面的事情就不记得了。还是办公室主任反应及时，跑过去从地上捡起了乱成抹布的假发，掸掸土，小心翼翼地递到了满脸酱紫的局长手里。局长鼻子里挤出一声怪叫，剜了一眼马可，黑着脸走了，走得有点虚脱、有点尴尬。

回去的路上，马可的头里先是乱如麻丝，然后变成一锅粥，最后就成木头了，牛局长离开时那愠怒至极的眼神带着的气愤与鄙夷的神态，像刀子在马可心口上扎。看着胳膊底下夹着的那只鸡，顿生厌恶，使劲在鸡头上抽了几巴掌，又唾了一团，吓得鸡咕咕乱叫。到了车站，准备上公交车时，马可又被司机剜了一白眼，摔下一句，我们这是人坐的，不是鸡笼子,别上来。一踩油门,车放着响屁跑走了。

抱着两只鸡神魂颠倒地走在马路上的马可,被路人当怪物看着。如果当时马可能坐上公交车,后面的倒霉事也就不会随之而来,他需要面对的也就仅仅是局长了,可问题就在这,背运的事情又发生了。

马可木讷地抱着鸡往家走时,到了东大桥,肩上被拍了一巴掌,差点没把他吓晕。是一个朋友,马可站住,点点头,脸色黑黄。朋友说,马可,怎么,有啥喜事?都买两只鸡回家啊,这日子过得还滋润啊。马可在僵硬的脸上挤出几粒笑,说,单位发的。哦,你们单位真好,还发鸡改善职工口味啊,房贷还得怎么样了。马可心里一阵苦笑,一听房贷,脑袋又一炸,他买房时还借这个朋友三万元呢,答应好今年年初还,可一直拖到了今天,不会他是要钱吧。马可的心直往地上坠,冷汗又冒出了一层。

他赶紧说,还差得多呢,给你的钱一直拖着,不好意思啊。那朋友又拍拍他的肩膀,说,不急,慢慢给我还吧。马可身子抖了一下,听说不急,一阵轻松灌过了每根神经。他赶忙把鸡塞到那朋友手上,说,这两只鸡你拿回家吃吧。他觉得如临大赦,再不把鸡送给他就不够意思了,再说这两只鸡弄掉了局长假发,他也没有心思吃了。那朋友推托不要,马可说,我吃鸡肉过敏,你拿上吧。以前怎么没听说过这事啊?还是最近的事情,一吃鸡肉就头疼,脸发烧,你还是拿上吧。哦,这样啊,那我就不客气了,正好我媳妇快生孩子了，给她补补，谢谢你啊，马可，你太客气了。朋友把两只鸡塞进他自行车前的网篮里，一抬腿、一撅屁股，说了声再见，走了。

不抱鸡的马可显得轻松了一些，两只手也似乎突然解放了，他挠了挠头，觉得恨自己，又在脸上扇了一巴掌，内心烦乱，局长的光头和脸还依然晃荡在他的脑海里，挥之不去，他不知道明天怎么见局长，得罪了领导还企图转正，这不是笑谈嘛。

晚上，马可胡乱吃了一点东西，妻子问了半天，他一句没有回，便倒头睡了。不知睡到几点，一阵急促的电话铃把他吓醒了，他一摸自己的额头全是汗，不知道从几时起，他开始担惊受怕，像一只老鼠。他迷迷糊糊地接上电话。

马可，你他妈真不是人，你耍我是吧。当头一记闷棍，马可翻倒在床上，不知所以然。

你是哪位？有话好好说嘛。马克揉了揉眼睛。

你说我哪位，你他妈给我的狗屁鸡，你知道不，我晚上拿去宰，杀了之后那宰鸡的人说是病鸡，而且是那种人吃了传染起来特别毒的病，你说你他妈阴不阴，我还以为你好心好意，结果你就一狼心狗肺，我把你当朋友，你简直不给自己当人的权利，我他妈鸡没吃成，还给人家掏了二三十元的宰鸡费，你他妈简直把我耍大了，我告诉你，那幸亏我早知道了，要不你那病鸡让我媳妇吃了，得了传染病，有个三长两短怎么办？你能负责得起嘛，我说马可，你个大傻逼……

马可瘫软在了床上,他简直要疯了,怎么会是病鸡呢?他说,你别生气,我真的不知道,那是单位下午发的,我一点都不知道,你别……

马可,你他妈还好意思说,单位发你瘟鸡你就送我了,你怎么不吃了去死啊,你少装蒜,你就没安好心,是不是想让我们一家死了你不用还钱了,就省心了,是不?马可,你这么缺德,以后生儿子没屁眼,我告诉你,有你好果子的。

别生气,我真不是……电话挂断了,一阵刺耳的忙音,冲破电话,扩散在了令人窒息的空气里。鸡怎么是瘟鸡呢?这千刀杀的生个鸡仔没屁眼的鸡,这碎尸万段的鸡,害死我呢。

一夜几乎无眠,后半夜,他收到了那个朋友的短信,说请近期还钱,他要急用,还有卡号。语气很温和,但咄咄逼人之势依然。哪来的钱还呢,这不要命吗。

第二天,马可肿胀着两只眼睛去上班,一路昏昏沉沉。走到单位门口,他不由得胆怯,害怕进门,平时从来不在乎的大门,现在像一张口一样要把他吞没,他害怕,进去之后再也出不来,害怕进去之后当面遇到了局长,那该怎么办呢。他还是走了进去,像一只狼狈的狗,灰溜溜钻进了办公室,一进去就趴在桌子上没有抬头,办公室有人叽叽喳喳议论着什么,他觉得脸发烧、烧到了心间,脊背凉、凉到了骨缝。坐了好久,便迷迷糊糊了,他听见有人压低声音在说话,似乎是前一阵开会的事,说近期要有人员变动了。

完了，彻底完了。马可趴在桌子上起不来了。平时看马可这样子，会有人过来问怎么回事，可今天同一间办公室的几个同事都躲得远远的，用怪异的眼睛瞅着他。

不知是怎么熬到中午下班的。他决定去一趟局长家，给他赔礼道歉，要不要花钱买点东西呢。中午他到超市花了八百多元买了两瓶酒，这心意也不算太轻，八百多元，他和媳妇近两个月的生活费，没有了。不知道这酒还能不能消除局长的气愤呢，谁知道，走一步算一步。他提着酒往局长家走的路上，腿像灌了铅一样，沉重、发酸，似乎寸步难行了。

到了，他站在局长家冰冷的绿漆皮铁门跟前，可手怎么也抬不起来，他害怕看见局长，害怕看见他的脸色、他的眼睛，尤其害怕那顶假发，或许局长因为那事已经不戴假发了。他把手举起来，又放下，三番五次，有一次，他都把手挨到门上了，还是缩了回去。就这样，站了有半个小时，他站不住了，他觉得再这样站下去他就疯掉了，他硬是举起手敲了下去。没有人，再敲，没有反应，继续敲，还是毫无动静。他气馁了，刚要转身时，门开了，听见开门声，他感觉身体一下子破碎了，一个五十岁左右的女人，涂着猩红的嘴问，找谁？牛局长在不？不在。嘭！门紧紧地锁上了，马克的心也被门缝夹碎了，他差一点瘫倒在了门口。

马可一直这样躺着，浑身发热，不停地抖动，前天和昨天的事情他已经不敢想了，一想就头疼。他觉得自己的出路现在有两条，一条是要么马上死掉，另一条是进精神病院，再不要出来了。他惹恼了局长、得罪了朋友，似乎已经走投无路了。他看见白色就恶心，想吐，他缩在病床上，没有和妻子小新说一句话。他不想把事情告诉她，告诉她又有什么用呢。他断断续续地想，死是不可能的，他害怕死，再说也没有必要死，死了父母妻子怎么办？活着，似乎没有什么希望了，他不敢面对单位的任何一个人，也不敢跟朋友交往了，人失去了工作和朋友，还有什么意思了。他想好了，去精神病院。

他捂在被子里，有气无力地说，小新，明天把我送到精神病院吧，我的病看不好了。

你说啥，你要去精神病院？小新迷惑不解地问。她从被子里握住马可的手，那么冰凉，那么细弱，似乎一夜之间瘦得只剩一把骨头了。

马可再没有说什么，他决定去精神病院，就明天一早，其他的什么事都不管了，天塌了也好，只要躲开那些害怕看见的人。他又迷迷糊糊地睡着了，开始做梦，梦见铺天盖地的鸡，披着假发朝他扑了下来，要啄瞎他的眼睛，吃了他的肉，那些鸡的眼睛里滴着血，爪子像钉子一样挥舞着，像地狱的魔鬼一般疯狂，他哭喊着却没有人管。他又梦见那个朋友提着死鸡、握着宰鸡的刀，骑着一堆火在追杀他，他害怕极了，拼命跑着，跑着，跑到了楼顶，高耸入云的楼顶，就他一个人，孤独、绝望、压抑的风从四面八方袭来，把他挤扁了，像一张纸，飘了下去……

过一会，马可同一个办公室的同事小刘推开了病房的门，提着一袋水果进门了。小刘也是刚分到教育局的,跟马可关系还可以,两个都是办公室新人,平时也互相照顾。小新接过东西,小刘问,马可他没事吧,我也是刚打听到他住院的。小新边倒水,边指着床说,被子里捂着呢。小刘坐到床边,拍着马可的身体说,马可,没事的,放心。

马可揭过被子说,怎么会没事呢?然后眼泪就哗啦啦流了出来。

小刘压低声音说,哭啥,不就是个假发吗?

马可双手捂住脸,哭着说,头发是假的,可官是真的啊。

我给你说,那鸡的事情出问题了,县上本来给咱们单位奖的是现金,牛局长把那现金换成他外甥的鸡了,他外甥办了个养鸡场,结果卖不出去亏本了,把剩余的通过牛局长给咱们弄成奖金了,据说发的鸡的价钱还和奖金之间误差很大,昨天有人在网上匿名反映了这事,现在反响很大,市里开始查呢,还有人举报了农村学校教育经费的问题。

不会吧,这是真的假的?马可一把抹掉了眼泪。

真的,听说这一次新账旧账一次查,牛局长不免也得降了,单位人都知道了,就你没来,还蒙在鼓里呢。

小新把水递给了小刘,一脸茫然,可看着马可的脸色由黑变灰,更是莫名其妙了。

哦,我还想着我前天的那事得罪了牛局长,日子没法混了,可那鸡有病啊。马可艰难地咽了一口唾沫,说,有传染病啊。

有什么传染病,人家基教股老年两口子抱回去四只吃了,今天都好好的,有啥病呢。

没病,不会吧,那就是那宰鸡的骗人呢,也他妈太黑心了吧,那等他儿子生下了我再去解释吧。马可自言自语了几句,又呜呜哭了起来,像个委屈的孩子。哭着哭着,呼,一骨碌坐起来,摸了两把眼泪,边下床边说,只要没事就好,我差一点进精神病院呢,走,咱们回家,让你嫂子给咱炒两个菜,哥俩喝几盅,一瓶四百多呢。

小新愣在了一旁,满脸惊恐地问,怎么,病好了?

好了。你简直就是个神经病。小新的眼睛也憋出了委屈的眼泪,沾在睫毛上,亮晶晶的。

你怎么又哭啦,嘿嘿,这年头,我们小人物、小把戏,可伤不起啊。马可朝妻子绽出了一朵卑微的笑,笑容里还残留着一颗泪水,一丝疲倦。

斑
马

我决定要去北方。八月有雨，绵密细长。到九月，天放晴，秋天暴露原形。

我不知被何人邀请，加了那个微信群。群员不多，十三人。群名也不知何人所取——"我叫多余"。群员名字皆以我叫多余一号、我叫多余二号、我叫多余三号……依次类推，直到我——我叫多余十三号。顺理成章，我修改了自己的群名。除了这串代号般的群名，我对他们一无所知。而他们对我，想必亦是如此。

进群之前，我就决定要去北方。可我就在北方啊。北方，呵，北方究竟在哪里？除了荒漠、草原、积雪、繁星、苍鹰、麋鹿，一条通往不知所终的高速公路，除此，还会有什么，我不会知道。可这些于我而言，也就足够了。进群以后，群里大多时候一片沉寂，没有聊天，没有表情，没有红包，我不知道是什么在维系这么一个多余的群。当我疑虑不解时，有人在群里发了一条消息：我不过是个多余人。随后，每人重复发了这条消息，十二条，不多不少。于是，我也身不由己，跟了这么一条：我不过是个多余人。

多余人。嗐！多余人，而已。

后来我想，这个群存在的必要，或许是一群多余人在抱团取暖，或者寻求某处避风港湾罢了。可即便如此，我也觉得这是一个多余的群，而我和我们，与群里他和他们，皆是彼此多余。就像一袋大米中的十三粒砂子，总得被剔除。就像十三粒砂子抱在一起，却永远难以弥合，甚至彼此硌痛腰身。

可我们不挤在一个群里，互相弄疼自己，又何处可去？

我们去北方吧。我发了这么一条消息。我也不知为何要发，或许是一时头脑发懵。刚发出时，我为我打破了这种僵硬局面而略带窃喜，随后就觉得自己过于莽撞也显得多此一举，顺手撤销时却已来不及了。看着那一溜绿底黑字，我心生悔意，一个活着的多余人，何必把自己显露出来，就像那粒黑砂子，何必暴晒于米粒之上。

我准备关掉微信，隐身起来，如同一只蟑螂。群里有人回了消息：我们去北方吧。于是，每个人跟了一条相同的消息。

那我们就这么决定吧。

在我们出发之前，我去了工作单位。八月有雨，毫不停歇，木槿花开着，有着大朵的垂头丧气。一起风，木槿花，犹如一声叹息，兀自消弭了。八月空空荡荡。

我提着辞职申请，收起伞，雨水滴答，落满脚面。我将辞职申请摆到经理面前时,我原以为他会面带惊讶,甚至站起来,拉过我的手,拍着肩膀说,再考虑考虑吧。又把辞职申请递还于我,带着挽留之意。如果这般,那我该如何回答。我向来口拙,不善言辞,又加之心软,经不住劝说。经理盛情难却,我又想去北方。这真让我为难。然而这一切并未发生,经理把埋在票据中的脑袋略微一伸,犹如乌龟探头,两只眼珠从镜片上方挤出,盯了我片刻。嘴角遂又撇出一抹黑笑,真是黑色的笑。我能看清人笑时的颜色,有红、黄、绿、灰、白、黑几种颜色。而这种黑笑,我见了不少。它冷漠、蔑视、随意,甚至带有一丝怜悯。

我把辞职申请双手递到经理面前,毕恭毕敬。在单位,我对领导卑躬屈膝,对同事和颜悦色。经理抬起左手,并未接过申请,而是扶了扶眼镜,用下巴指了指桌面,示意我放下。我把申请尽量放到他面前,便于他伸手取到。他用食指拨过申请,也没浏览上面所写内容,提笔就写下了同意辞职按程序办理九个字。这多少让人失望,你不挽留也罢,至少看看我为何辞职吧,毕竟效劳一场,功劳没有,苦劳倒是有几分。但转念一想,在经理眼中,缺谁都不行,唯独缺我,怎么都行。我不过是打字员,前些年,懂电脑的人不算太多,我尚且有用武之地,打字、排版、复印、制表,工作繁忙,我也很享受这种忙碌。后来,单位年轻人渐多,大多精通电脑,我这份工作变成了雕虫小技。经理觉得我这个岗位应该撤裁,每天出工不出力。其实不是我不出力,只是无力可出了。但经理不这么认为,我也无可奈何,况且我又不爱解释,不善表演。经理准备把我安排到办公室，协助他人。办公室不要我，嫌我无用、多余。又调整到企划部，还是不要我，嫌我无用、多余。如此倒腾，我如皮球，被踢来踢去，无处安身。最后，让我干门卫。穿一身破旧保安制服，提根刷了黑漆的棍子，独自一人，站在单位门口，跟木偶一般站着，站得久了，我真成了木偶，曾经五天没有吃喝动弹，不是门房老多用笤帚戳我，我还会站下去，一周，一月，甚至一年半载，也或者一辈子。有人来考察，经理扶着眼镜腿，满脸自豪地指着我说，这是我们的人工智能保安，在整个咸城，独此一个，也算是我们的一大特色亮点。

我提着辞职申请交到办公室。办公室没有人。所谓程序，也就是将这张纸交给办公室存档而已。我把申请放在桌上，出门，下楼。一楼文娱室，门半掩。有笑声喷涌而出。我不知他们因何而笑。笑我愚笨？笑我多余？笑我终于有自知之明离开这里？哎，搞不懂。我把头抵在玻璃上，一一数来，除了经理，单位其余人都在。他们应该看见了我，紧贴在玻璃上，那张压扁的脸，犹如半生不熟的大饼。但他们对我熟视无睹，也不会有人出来告别。他们忙着排练一种叫《欢乐动物园》的舞台剧，已经大体成型，只要再打磨一番，就可以上台表演。

舞台剧排练已有月余。也不知谁的编剧，也不知表达何意，像我这样的人，是搞不清的，也没必要搞清。我站在门口，用眼睛的余光看到了他们起初的排练。剧目大概情节是单位所有人依次走进一个特制灰色铁盒，出来时，就变成了一只动物，比如老虎、狮子、孔雀、野猪、兔子等等，它们行走在大森林中，漫无目的，内心惆怅，森林辽阔，这种惆怅愈加严重，雾一般，笼罩在头顶。接着，经理从一根枪管中爬出，身着燕尾服，一头烫发，撇着八字步，手提弓箭，把这些动物一一射倒，拖进了动物园。在园中，经理又身着饲养员服装，给每只昏迷不醒的动物口中充气，动物越来越鼓胀，最后嘭一声，爆破了，紫烟缭绕。像极了爆米花。在烟雾中，一只只动物抖擞着皮毛站了起来。如此重复，直到所有动物在烟雾中出现。它们围拢在经理周围，低眉顺眼，感恩戴德，任由驱使。它们对进入动物园满意极了。

但按照演出主办方奇葩要求，参演动物必须为偶数。除去经理、我和门房老多，单位职工共21人，即21只动物，不符合要求。最后大家认为经理虽然是猎人和饲养员，但作为人，也是一种动物。他们向主办方提出异议，结果被驳回。于是经理很尴尬，经理作为一种叫人的动物，不被认可，换句话说，他连动物都算不上，这真郁闷。最后，实属无奈之下，有人提议了我和老多这两个多余人。大家认为，老多年迈，加之患有高血压，万一变成动物，一激动出了事故，就很棘手了。即便不出事，他从动物能不能再变回来，也难说。那这样的话，就只剩我了。

我从铁盒里走进去，盒内一片漆黑，我摸索着摁了闪烁不停的红灯。我在盒中呆了三十秒，有绿灯提示后，我出了盒子。我似乎变成了一匹斑马。我站在中间，其他动物将我团团围住，它们惊奇、失落又愤怒，它们的眼神，像一盆盆凉水，朝我泼来。我不知我为何不受待见。最后，在玻璃中，我隐约看见我身上只有一道黑色斑纹，如一圈裤带，缠绕在腰上。我不是一匹马，我有斑纹。我又不是一匹斑马，我只有一道斑纹。我不伦不类，异常尴尬，算不上一只正儿八经的动物。这般模样，自然是无法参加演出的。主办方会以为单位搞了个怪物来应付差事，如果这样，结果会很糟糕。

但我又不得不上场，因为数量要求。最后大家一致认为，所有人变成动物后，依旧被猎人带进动物园，而我这个似是而非的家伙，只能待在动物园外面哭泣。我依照他们的要求，蹲在园外，抹着眼泪，它们在园内，尽情表演。我像一个旁观者，看着它们跳舞、欢歌。我被冷落于外，像个多余之物，像个迷路孩子。想到此，伤心涌上心头，我真的哭了起来。它们听见哭声，表扬我表演到位。演出结束后，它们一一走过我身旁，没有谁拉我一把，没有谁看我一眼，没有谁问我一句。我像空气，不存在一般。甚至那只猴子还将香蕉皮扔到我头上，那只老虎朝我放了一颗响屁。我委曲求全，一言不发，抹着眼泪，懊恼地撕咬着身上的那道黑斑纹，发出呜咽之声。

直到有一天排练时，经理将我一箭射倒，丢在原地，又没有拖进动物园充气，我差点变成一只死掉的怪物。于是，我心灰意冷，萌生离意。

我们承包了一辆十三座的车。我们约定上午八时在儿童乐园上车。

七点,收拾停当,其实也没有东西可带,一个破包,塞了衣物、洗漱用品、一本永远读不完的书。到儿童乐园门口,尚早,行人不多,面色匆匆,都是陌生人,没人正眼看我。抽了三根烟,无事可干,我钻进儿童乐园。园内寂静。草木竟已泛黄,有薄霜,渗着寒意。不知名的鸟将草绳打结挂在树上,把头塞进去,集体上吊了。这些死亡的黑果实,幽灵一般,尚未熟透,便已凋零。它们也和我一样,在鸟群里,显得多余,它们自有北方。

园内的铁质玩具大多生锈,有些地方积满雨水,落着残叶。

我已有一年没有来过这里。一个人来这里,是无比寂寥的,尤其看到父母们带着孩子在过山车、旋转木马上恍惚飘移的身影,梦幻一般,让人眩晕、反胃。我不知道其他人有无这样的症状。

一年前,我的孩子来这里玩。当时,他还在我身边。他要坐过山车,得我陪他。我向来恐惧那种忽高忽低、左摇右摆的东西,坐上去,真是求生不得、求死不能。孩子满脸怒相,极不情愿,独自去玩了。在过山车上,过度的刺激,让孩子一边惊叫不断,一边大喊爸爸。我坐在草皮上,顿生疲乏之感,那尖叫之声,令我头疼。玩结束之后,我并没有跑去接他,自然也没有同他分享那种快乐。他没有理我,一个人,悻悻而回。

晚上,我接到妻子(只是名存实亡)的短信,我们之前有微信,但我主动删除了她。她说:你连个男人都不是,还能当父亲。我没有回。回复有何意义,回复只会让人心生厌倦。

在以前,我们一家三口尚且一起居住时,我就对家庭毫无兴趣。日子一久,他们母子自成一派,将我排挤出局。我们各行其是,这样也好,我倒可以自由一些。但有些事依然让人费神且头疼。

六一儿童节时,孩子班上有亲子节目,放平日,都是他妈妈去,跟我毫无关系,我也不愿去喧闹处。这一次,他妈妈说单位有事,要去外地出差,不能陪孩子,让我替代她。幼儿园表演的亲子节目是《欢乐动物园》,每个孩子选一只自己喜欢的动物,让父母装扮,第二天来幼儿园一起表演。我的孩子选的是斑马。我问为什么选斑马,而不选老虎狮子豹子。他笑着说因为你像斑马。我环顾周身,犹如水泼,凉意让人牙齿打战。我哪里像斑马了?

整夜,我都在装扮自己。孩子已经睡了。我找了白纸黑纸,剪成条状,缠在身上,我似乎有点像斑马了。我在屋里走来走去。但走了不一会,这些纸都掉落了。我知道用纸不行,粘不牢,万一明天上台表演,纸条掉落又该丢了孩子脸面。我找到红白两色颜料,把自己脱光,坐下来,开始往身上涂抹颜料。整夜,我都在装扮自己。天快亮时,涂抹完毕,我站在镜子前面,我没有看到自己,我看到一只斑马。真的是一只斑马啊。我哭了,眼泪扑簌簌流下来,我赶快擦干,怕冲花了妆容。

在幼儿园的表演无疑是成功的。我四肢着地，拼尽力气表演，赢得了阵阵掌声。孩子牵着我的尾巴，异常自豪、兴奋，红扑扑的脸蛋，像极了熟透的西红柿。表演结束时，主持人问，你的斑马有什么特长吗？会游泳。孩子不假思索地答道。很快，有人搬来泳缸，主持人说，那让你的斑马下水游泳吧，游完，你就可以拿到第一名的奖状了。孩子拍打着我的屁股催促我下水，嚷道，快点，斑马下水，我要领奖了，快点下水。我跳入水中，扑腾了起来。起初我听到了掌声、尖叫声、欢呼声。然后，便鸦雀无声了。我起身，站在缸中。有孩子惊呼，那不是斑马，那是一个人。我低头看，身上油漆已被水洗掉，我浑身赤条条站在缸中，像一只怪物。缸里水波晃荡，浑浊不堪。众人惊叫而散。

回家的路上，孩子一路抽泣，不让我动，也不听劝慰。走到半路，他突然停止，转过身，朝我吼道：你为什么就不是一只真的斑马？然后，转身，跑掉了。我看到他细小的背影消失在了人流中，我顿生疲惫，顺势坐在道沿边。车辆成群，呼啸而过，让人眼花缭乱，头脑眩晕。

我心情糟糕至极，不想回家，只能在马路上晃悠。我不知道该怎么面对这个世界，不知道该怎么面对这个家庭，也不知道该怎么面对我的孩子。我幼小之时，父母是如何生活，如何对待我的，我已全然忘记。长大以后，我突然发觉，在这世上，我充满恐慌，格格不入，更显得多余。

我从正午一直走到黄昏，漫无目的。

在幸福大道中路，我又一次坐在道沿上，摸出一支烟，点燃，只有被烟雾包裹，我内心才略有所安。我抽着烟，接二连三，在烟雾中，我隐约看见对面某国际酒店门口出来了一对男女，手臂相搀，关系亲昵，又不时张望，形色慌乱，在酒店门口树后，他们拥吻，然后男的拦下一辆出租车，送女的上车后，自己开车离开了。

那女的，正是我的妻子。

我捻灭烟头，又点了三根，一起塞进嘴里，使劲咂吸，浓烈的青烟进入口腔，穿过喉管，进入肺部，犹如奔腾之水，携撒裹浪，冲撞而过，我的眼花了，嘴麻了，头昏了。我有种从未有过的如释重负之感。我像一只充了气的斑马，嘣一声爆炸了，随着那炸裂声，我飘了起来，那么自由，那么轻浮，那么遥远……

我们的车出发了。我们要去北方。

北方究竟在哪里？北方有荒漠、草原、积雪、繁星、苍鹰、麋鹿，有一条不知通往何处的高速公路。北方还有一只斑马。

在车上，起初大家都缄默不语，甚至心存芥蒂。想来也正常，一群人，毫无瓜葛，毫不相识，就凭群里一句话，凑在一起开始远行，这多少让人难以心安。车在高速路上，驰骋着，向北驶去。城市被甩在了身后，郊区被甩在了身后，田野被甩在了身后，很快，群山开始起伏，犹如野兽之脊，蜀在公路两侧，更远处，亦是群山，重重叠叠。

我坐在最后一排。从儿童乐园出来，车已停在门口，人都上齐，只差我一个。上车时，大家或戴着帽子，帽檐低扣，不见面目，或挂着墨镜，遮住眉眼，难以认清。我坐定后，有人喊，多余人十三号上车了，出发。车应声而动。

车里没有声响。窗外景物，看久了，也生烦腻。大家或睡觉，或发呆，或拨拉手机，或戴着耳机，满脸困倦，又极度脆弱。似乎用一种玻璃将自己罩了起来，寻求安全，保持距离，又想打破这玻璃，畅快呼吸，彼此致意。但谁都没有动，玻璃是结实的。玻璃要打碎是危险的，有割破手指的危险。于是，大家继续睡觉，继续发呆，继续拨拉手机，继续戴着耳机，满脸困倦，又极度坚硬。

这十三个人，或许彼此都觉得对方是多余的，也觉得自己是多余的。我在最后一排，只能看到所有后脑勺，黑漆漆的，像十二只乌鸦，站在椅背上。唯独我把脸朝向他们，像张大饼，混入其中。我显得多余。

这让我恐慌，让我再次有了被遗弃感。在咸城，这样的恐慌和感觉如影随形。在单位，在家里，自不必说。在商场里，人们结伴而行，步履欢快，满面春风，购物、交谈、付款。唯独我一人，郁郁独行。在酒桌前，人们勾肩搭背，称兄道弟，推杯换盏，把酒言欢，海阔天空。唯独我，滴酒不沾，不善说辞，坐在酒桌一角，形同虚设，最后我起身离席，也无人知觉。在马路上，人们各行其是，各有归宿，风尘仆仆，也知道为谁辛苦，遇见熟人还能握手寒暄，发发牢骚，道声珍重。唯独我，混迹人流，终不知将向何去。我已从家中搬出，在外租了容身之处。我想离婚，妻子不同意，说不想让孩子受到伤害。我们就这么拖着，夫妻关系，名存实亡。孩子在她那里，他们母子情深。那个从酒店走出来的男人，偶尔会在家里（曾经的）留宿，他们俨然一对正经夫妻。这些，我都无所谓了。只是偶尔黄昏来临，看着倦鸟归巢，而我竟不知所去，看着灯火渐次亮起，而我还在流落街头。这让人心生伤感。

至于我的朋友呢。在路上，我竟然再也没有遇见过他们。许是他们见了我，远远走开了。我想找个人坐下来，递他一根烟，说说我的心事。我想知道，别人也是否和我一样。如果只有我如此，那就是我病了。如果人们大多都如此，那就是这个世界病了。但没有人愿意听，我走过去，递上烟，说了声兄弟，他们满脸惊惧，转头跑掉了。

我想去找那个从酒店里出来的男人。嘻！我曾经最铁的兄弟。但转念一想，还是算了吧。祝他们幸福，或许才是我该做的。

我跟他从小一起长大。他家境一般，很多吃的玩的，都是我替他掏钱。他在学校惹了事，都是我揽过来，替他挨批。大学毕业，父母断供，我们生活陷入窘境，还是我用最后一点积蓄买方便面供我们度日。他在外面睡了姑娘，导致怀孕，要流产，手头没有钱，最后还是我拿出钱给他，让去医院。这样的事，大约三四次，如果不是我，他可能至少是三四个孩子的爸爸了。

他为我做过什么。大多我已忘记。只是年轻时，喜欢过一个姑娘，我向人家表白，还特意花钱买了大捧玫瑰，结果那姑娘拒绝了我，还把花丢在地上，踩了两脚。他看不过眼，要替我报仇，他报仇的方式是，某一天把那个姑娘强吻了，吻毕，又朝她脸上唾了一口，骂了句贱货。这种报仇的方式让我极度不适。他笑着说，她侮辱你，我就恶心她，这样才算给你报了仇。除了这件事，好像再没有了。他从我身上得到了很多，无论钱还是其他，但我还是需要他，至少他需要我，对于他来说，我不是多余的。

直到有一次，我们一起看电影。演非洲动物生存法则的。我不想看，无非是弱肉强食。但他很感兴趣。电影演到中间，镜头里出现了一只弱小的斑马，站在草丛里，迷茫而可怜。突然远处灰尘刮起，一群狮子排山倒海扑来，小斑马受到惊吓，扬起四蹄奋力奔跑，但它哪里能跑得过这群茹毛饮血的猛兽。眨眼间，小斑马淹没在了灰尘里。等灰尘过后，地上只遗落着几根骨头。草地上，空空荡荡，什么也没有发生过一样，小斑马就不曾存在过一样。

我的朋友大呼过瘾。我抹着眼泪，不得其解，一个卑微的生命就这么残忍地消失了，有什么值得兴奋的。他转过脸，看着我说，你真像只小斑马。

他说完，我头也没有回就走掉了。友谊，就他妈这么回事。

好多年过去了，即便此刻，在车上，我依然想起那只小斑马，它站在草丛中，碧绿的青草，瓦蓝的天空，它那黑白相间的外套，水灵灵的眼睛，和那根漂亮的不停甩打的尾巴，真让人疼爱。它属于那片草原，它和每一根草，都不会是多余的。

群里有人发消息：我们都互相认识一下吧，先从一号开始。大家一致同意。

一号从座位上起身，摘掉帽子，转过身，面向我们。他略显紧张和局促，举起左手，嘴角提出一个笑，说，大家好，我是一号，在一家单位工作，刚辞掉，今年38岁，很高兴和大家在一起，去北方……他似乎还想说点什么，但欲言又止。我们鼓掌。

接着二号，和一号一样，起身，摘掉墨镜，和大家打招呼……当一号刚介绍自己时，我并未在意，但他准备坐下时，我心头一惊，二号起身时，这份惊惧加深了一分。我怀疑我产生了幻觉，我拍了拍脸，有感觉，掐了掐腿，有疼痛感，又揉了揉眼睛，看车窗外，窗外一切清晰可见，群山已经变得低矮下来，铺在地上，像风吹起的布匹，有猎猎之声。我的眼睛没有毛病，一切看得真真切切的。

三号，四号……直到我十三号。

我起身，心怀不安，甚至带着一份惊惧，我举起左手，努力挤出一个笑，说，大家好，我是十三号，在一家单位工作，刚辞掉，今年38岁，很高兴和大家在一起，去北方……我还想说点什么，但又不知该说什么。他们鼓掌，带着真诚的笑意，似乎接纳了我，我们成了自己人，没有人显得多余了。

我把头丢在靠背上，闭上眼，努力回忆这十二张脸，他们一一呈现，竟然都是一模一样，我又将这十二张脸和我的做了对比，竟然和我一模一样。那意思就是说，我们十三个人，都长了一样的脸。换句话说，我们都是同一个人。

这，怎么可能？但事实真的如此。除了服饰有异，我们毫无区别。

有人提议，我们唱首歌吧，就那首《去北方》。

> 去北方
> 北方有牛羊，北方青草晃荡
> 白云似梦，苍鹰歌唱
> 去北方
> 北方有星光，北方众神安详
> 姑娘归来，月光明亮
> 哦——我要去北方
> 去捡回已死的灵魂，去寻找爱情的光芒
> 我要去北方
> 没有中伤，没有彷徨
> 万物都是爱的模样
> 去北方
> 银碗捧雪，眼窝盛雨
> 从苦难中醒来的青稞找到了方向
> 从大风中跌倒的青春遇见了故乡
> ……

我们继续北上，已不知走了多久。我们一路高歌，把这首《去北方》唱了千百遍，唱着唱着，就泪流满面了。去北方，没有中伤，没有彷徨，万物都是爱的模样。不像咸城，我们那么多余，那么苦涩，那么无助。

天黑了。我们驶出高速，停在路边。月亮升起来，薄如云母，圣洁而恬淡，似乎都不敢大声说话，就怕语气一重，呵化了它。天空幽蓝，瓷器一般，被风擦得干干净净。四野安静，唯有远处的炊烟，徐徐升起，像一把软梯，搭在了天空的门口。

我们坐在路边，坐成一排，没有人说话，肩挨着肩，看星星从天幕上弹出来，一颗，又一颗，又是一颗，我们还隐约听见了星星弹出时的咕嘟声，像天幕那边，谁的感叹。有人点了烟，默默吸着。烟火明灭，像遗落在大地上的另一颗星辰。

夜深了，寒露落下，后脊发凉。我们上车，裹紧衣服，在车上睡了。

车在一个隧道中停住了。堵车。

斑马岭隧道。名字是进隧道前我看到的，也不知为何取这么一个名字。是山形如斑马，还是山上有斑马，不得而知。隧道很长，数十公里，也不知被堵在了哪一段。洞内漆黑，有绿色安全指示灯闪闪烁烁。车灯照射的地方，除了黄色反光带，隐约可见被堵的车辆，全是运输货物的卡车。更远处，全然看不见了。有人下车打探消息，过了很久，回来说是前面塌方，也可能是发生车祸，还有可能是交通管制，准确消息，他也不清楚。至于何时通行，不得而知，两天，三天，或许五天，也或许更久，只有等待。他唯一得到的准确消息是，交通部门会每天供应充足的饮用水和食物。

我们坐在车上，犹如陷入无底深渊，犹如被埋进大地深处，除了偶尔传来车门关上的声响，便是万籁俱寂，犹如地狱一般。起初，我们还唱歌，唱着唱着，便索然无味了。后来，玩扑克牌，玩着玩着便索然无味了。接着，又睡觉，睡着睡着，睡得头疼欲裂，不知死活。也不知过了几天。车上没有电源，手机关机。我们彻底与外界失去了联系。车上本来有显示时间的小块屏幕，但不知为何坏掉了。没有时间，不知昏晨，不晓昼夜。车里没有灯，只能依靠远处车灯射来后，影影绰绰落下的一小块，勉强可见。而车外一片漆黑，如万古长夜，世界末日，再也不会有黎明到来了。

我怀疑我们要死在这里了。每个人都这么认为。我们无所事事，又无所适从。我们把所有花样都玩了一遍，最后，实在不知道该怎么消磨时间了。

我们的北方之行，就要画上句号了。

就在我们准备放弃生存，奄奄一息之时，有人说，我们画斑马吧。

我们从座椅上弹起，问，怎么画？一想到没有颜料，又垂头丧气瘫了下去。

那人说，我们要做一只真正的斑马，不用魔术，不用纸糊，也不用颜料，我们不会落下任何一人，没有谁是多余的，因为我们都是斑马。

我们按照他的安排，画起了斑马。我们脱掉衣服，有人拿出笔，先在我们身上按照斑马纹画好线条，随后有人用刀子一点点割开皮肉。我们能听见皮肉分裂开时的撕扯声，在黑暗中盘旋于头顶。然后割成圈，揭掉。再迅速涂上某种液体，血液便很快凝结。于是一圈红色斑纹出现了。中间隔一段，再下刀割开。如此循环下去。直至面部、脚趾。起初，真是钻心之痛，后来便麻木不觉了。而比起被冷漠，被嫌弃，被遗忘，被鄙视，被可怜，这种疼痛真是不及万一。

这样的绘画持续了几天。没有人退出，也没有人喊痛。绘画进行得很顺利。

最后，我们都成了一只只真正的斑马，红白相间的斑马，没有痛苦的斑马。借着暗淡的灯光，我们看着彼此身上的斑纹，那么璀璨，那么华丽，那么迷人。而想起曾经在咸城，那些关系斑马的日子，关于工作、关于妻儿、关于朋友，我们受尽委屈和嘲讽。但现在不同往日了，我们是真正的斑马了，不是一条斑纹，不会剥落，也不会被猛兽吞食。我们喜极而泣，相拥在一起，泪流满面。

没有人能理解一只斑马真正的泪水。它是涩的，也是甜的，也是透明的，更是血红的。

隧道依旧没有通，但一侧应急通道打开了。

车辆从应急通道钻出，往返回方向行驶。最后，我们出了隧道，车停在了隧道口。盛大的阳光，犹如万箭袭来，差点射穿眼睛。我们等了好久，才睁开眼睛。光明，白而亮的光明，瀑布一样，落下来，浇湿了我们。重见天日，我们欢呼雀跃。

最后，我们看到了彼此身上的斑纹。红白相间的斑纹，真的，在阳光下，它显得愈加璀璨，愈加华丽，愈加迷人。血斑马，我们是真正的斑马了，而且是世界上唯一的十三只血斑马。我们不敢相信自己的眼睛，揉了好久，定睛再看，确实是血斑马。我们再一次潸然泪下，相拥在一起。

有人唱起了那首歌——《去北方》。我们去北方吧，车头在朝南的方向。

> 去北方
> 北方有牛羊，北方青草晃荡
> 白云似梦，苍鹰歌唱
> 去北方
> 北方有星光，北方众神安详
> 姑娘归来，月光明亮
> 哦——我要去北方
> 去捡回已死的灵魂，去寻找爱情的光芒
> 我要去北方
> 没有中伤，没有彷徨
> 万物都是爱的模样
> 去北方
> 银碗捧雪，眼窝盛雨

从苦难中醒来的青稞找到了方向
从大风中跌倒的青春遇见了故乡
……

彩虹预报员

头疼，不是用钢丝勒，不是用斧子劈，不是钉子扎，不是刀子削，不是拿在手中搓，不是放在火上烤。就是疼，我说不来疼法。但我确实是被这疼弄醒的。早上七点，离平常起床尚早，完全可以再瘫一阵，但疼让我像一条丢在地板上的鲫鱼，翘着尾巴弹了起来。

我摸了摸尾巴，尾巴还好，没有骨折。我也分不清这是什么尾巴，不是鱼，不是鸟，反正像根绳子，七种颜色，在屁股上耷拉着。没什么用途，也没什么危害。唯一就是不能躺平睡，会把尾巴压麻。据说，这尾巴的作用之一就是为了防止我们躺平。

我坐在床边，抱着脑袋，努力回想着到底因何头疼。是喝酒？可身上没有丝毫酒味。是打架？可身上完好无损连块紫青都没有。是得病？可除了头，身体其他部位一切正常。我实在想不起了。对于过去发生的事，当然仅限于痛苦的事，只要隔夜，睡一觉，第二天便会丝毫想不起，就如同被擦过的镜子，明光铮亮，纤尘不留。

我放弃了回忆，回忆没有意义。我喝了一杯水，吃了一粒白色药丸样的早餐（吃一颗半天不饿），头疼有所缓解。我在穿衣镜中照了照自己。三十八岁，面孔衰老而苍白，头发湿漉漉油腻腻水草般趴在头皮，眼皮浮肿，目光呆滞，嘴角下垂，怎么看都像八十三岁。

我叹息了一声，突然想起今天的工作——发传单。

我从书桌上拿起一个纸袋，里面厚厚一沓。我抽出来，想看看究竟是啥内容。白纸黑字，配一张照片，一览无余。但奇怪的事，照片竟然是我自己，文字里要找的人也是我。"今有我公司男子王选，于9月31日在咸城走失，若有发现，请告知，电话：xxxxxxxxxxxx。"电话号码也是我的。我怀疑自己眼花了，又重新看了一遍，确实是我自己，照片、姓名、电话，都是我，毫无疑问。

我要去找这个人，那我是谁呢？我一时不知所措，甚至带着慌乱。我有种被莫名冒犯的不适感。

街上人来人往，男男女女簇拥着，潮水一般起起落落。人们都很高兴，脸上绽着笑，如同裂开的石榴。只有那挂在铁栅栏上的蔷薇，摇摆着，努着嘴，不开心的样子。不开心的还有天空，阴郁着，堆满铅灰的雾霾，很厚实，像反复涂抹过的素描。已经好久好久没有下雨了，人们都不记得下雨这档子事了。但也没晴过，太阳和蓝天一直被雾霾遮蔽着。人们自然也记不得晴天这档子事了。

我本应也是开心的，只是发我自己的传单，这让人极度郁闷。好在我这种郁闷明天就会消失掉。

在咸城，我是一名记忆切除师。我受雇于唯一一家大型国有精神理疗公司，他们给我成立了工作室——咸城记忆切除室。我是咸城唯一拥有这门技术的医生，我家里塞满柜子的荣誉证书和已挂满楼道的锦旗，完全能证明我的实力。况且我去年刚从国外读完博士归来，在记忆切除这块，我就是绝对权威，咸城顶尖，甚至国内一流。

工作室不大，十个平米，已经足够了。除了办公用具，核心是那台设备——记忆切除器。设备极为昂贵，由公司所提供，在国外采购而来，全世界也不到十台。每天，都有大量市民前来就诊，我实在难以应付。公司便要求市民首先网上预约，预约成功，然后再摇号，按号码顺序前来就诊。当然，被摇上的概率如同中彩票。在工作室，我每天做一百例手术，上下午各五十例，仅此，我已全力以赴，中午不得休息，晚上下班通常到十一点。为了防止劳累过度让我牺牲在岗位上，公司安排我每月选择一个周日休息一天。不过公司偶尔会安排其他工作，比如贴传单，他们的理由是防止我躺平对身心不利，通过贴传单来缓解工作疲惫。我只能苦笑，鬼知道他们什么心思。在他们眼里，我不过是个干活的机器人。让我休息，是为了更持久地工作。他知道让牛大量供奶就得喂草。他们恨不得我一天做五百例手术。

说是网上预约，其实普通市民很难预约到，这个由后台操作，每天只放出十个号，以糊弄市民。这十个号预约完后，再摇号，摇号顺序会排到最后。那剩余的九十个名额呢，都被咸城的权贵阶层所占去，他们的手术做完后，他们的亲戚朋友托他们关系来做，他们的亲戚朋友做完后，他们亲戚朋友的亲戚朋友又托他们的亲戚朋友来做，如此，像在水里抛了一块石头，一圈圈荡开去，无休无止，不知边际。但我又无能为力，这家公司就由咸城的权贵们所控股，为他们服务，用他们的话说：天经地义。至于为市民服务，仅是一个好听的幌子，也像一针麻醉剂，让大家相信所谓公平公正并沉迷于这种幻觉之中。当然，市民并不知道何时自己才能预约上，才能摇到号，但他们深信，定然有这么一天。于是，等待成了他们的日常，预约不上，摇不到号，也觉得是自己运气不佳。于是再次等待，成了他们生活的信仰和目标。

所有来就诊的人，都会被我通过激光刀，把他们脑内自己认为不需要的部分切除掉。当然，人们切除的部分，都是经历过的痛苦的记忆，诸如悲伤、恐惧、迷茫、忧伤、失落、绝望等。把这一部分像切苹果上霉烂的部分一样，切除掉，人们的记忆里就只剩下快乐了，诸如兴奋、喜悦、激动、满足，甚至疯狂等。切除掉痛苦的部分，所有人记忆中剩余的部分就很少很少了，好比把霉烂的部分切掉，就只有苹果核了一般。人们的大脑里显得空荡荡的，像一个盒子里只装了几枚螺丝刀，摇起来叮当作响。但就这很少的快乐，已足以应付生活。

人活着，每天都要生活，每天都会有经历，所以痛苦之事便不能避免，苹果上的霉斑就会不断生长，直到一块块糜烂。所以，人们总要定期来清理一番，就像我是个垃圾收购站,他们定期来把垃圾倒我这儿。做完手术,他们神情愉悦,满面春光,浑身轻松,像进入了迷醉状态。有些人甚至把持不住,仰天长笑,夺门而去。有些人一下手术台,哈哈大笑不止,东倒西歪,面色酡红,异常兴奋,笑得根本停不下来。

起初,我不能理解他们,不就切除了一些记忆,至于吗?后来,我设法给自己做了一次手术,效果真好。一回忆,全是美好的事情,如饮甘露,让人飘飘欲仙,总是拿捏不住想笑。为了方便起见,我偷偷给自己的大脑里放置了一个小设备——微型负面记忆消除器。不用我做手术,它在大脑里每天会自动切除掉"霉斑"。所以,今早头疼的原因,我也就想不起了。

切割记忆,貌似轻松,每天操作机器即可,但天长日久,也乏味至极,加之还要给权贵们点头哈腰,我一点也不适应。再一想,无休无止的手术在等着我,咸城几千万人,我再活五十年,每天不休息,一辈子,也最多做二百万次,那剩下的压根就轮不到。但人们都不会觉得自己是轮不到的那个,因为机会是公平的,万一预约上,万一摇中号,所以,他们每天也很开心,总是咧着嘴笑着。只有我,一想到新的还没切除完,旧的已经生长出来需要切除;一想到那无休无止又千篇一律的工作,每天过的如同一天,像极了机器上的一块零件。于是,我反感透顶了,我想出去走走,去郊区,去山野,去森林,去乡下,或者去哪里都行,只要不面对那冰冷的器械、硕大的脑袋、乐开花的脸就行。但问题是我当天很痛苦,睡一觉,大脑中的消除器便把昨天的痛苦切除掉了。

第二天，我又开开心心去上班了。如此循环，已过了一年多时间。

我挑个人多的地方，把传单发出去，他们有的接上，扫一眼，也不看上面的内容，走不远，就随手塞进垃圾桶了；有的塞进包里，估计是想坐的时候垫屁股；有的压根不正眼看我。这真让人郁闷，我真想找个高处站上去大喊：我是给你们做记忆切除手术的王博士，都把传单给我拿着，帮我找找这个人，他是我，我走丢了。但我没有这样的勇气，因为我向来不善言辞，又胆子小，再说，我说我发传单找自己，定然会被众人嘲笑，认为我疯了，会强扭着将我送到精神病院。

没办法，我只能到处走动，看能不能把这些传单尽量发完。至于发完之后的效果，也就是能不能找到我，我也难以预料。

街道上，总是有一堆一堆的人聚在一起，在围观什么。我挤进去看，有个老者，头上缠着一圈红布，光着膀子，背上有一坨文身，图案抽象，难以辨认。他转着圈，叽里咕噜说着什么，好似咒语一般听不大清。地上放着一根用红布拧成的绳子，老者念一句咒语，那绳子动一下，最后竟然围成了一个圈。那老者猛然间在嘴里喷出一团火，火光四溅，差点烫伤我们的脸。我们啊一声尖叫，齐刷刷后退了几步。老者在红圈外走了六圈，逆时针三次，顺时针三次，然后哎嗨一声尖叫，纵身跳进了圈子，跳进去刚一站定，他整个人就四十五度倾斜下去，身子却直如木棍，以脚为支点，转起了圈，嘴里还在说着什么，好像跟人在对话。他转了一会，约一刻钟，又是一声尖叫，从圈子里跳了出来。他的两次尖叫，吓得我两条腿冷汗直冒。他就这样重复着自己，念咒语、尖叫，跳出来，跳进去……

每次跳出跳进，人群总是报以热烈的掌声，大家欢呼着，打着口哨，颇为兴奋。但我没有看懂，搞不明白他跳进跳出究竟在干啥。我问旁边的人，这干啥呢？那人瞪了我一眼，不屑地说，这你都不认识，最近很火啊，这叫从梦里跳出跳进的人。

我很惊讶，看看那人，又看看老者。

那人叹口气，带着几分惋惜和几分得意，轻描淡写地说，你怕是从外地来咸城的吧，你看，他跳进那个圈，就到梦里去了，跳出那个圈，又回到现实了，很简单啊。那人耸耸肩，摊开双手，朝我看了一眼。

我想，其实也没什么值得自己惊奇的，我能从别人大脑里切除记忆，别人自然也能从梦里跳出跳进，都是很正常的事。只是我不知道老者跳进梦里后，到底能看见什么，到底在跟谁说话。

我继续往前，得把这些传单发完。临走前，我给那人塞了一张，他瞄了一眼，又看看我，来了句有病，转过头去鼓掌欢呼了。又到了一个街头，还是围着一群人，不过这次人少点，十个左右。我还是好奇，依旧钻了进去。一个青年人，三十岁，三七分头，长发，穿一件白蓝相间的海军服短袖，一条藏蓝裤子，一双绿胶鞋。青年人倒很精神，眼里有光，嘴角上扬，胳膊被晒得黝黑，但肌肉却一嘟噜一嘟噜，很健壮的样子。他站在那里，就有一种雄性气场四散开来，笼罩在人们头顶，那些女孩子看着他，双手握拳抱在胸前，眼里满是爱慕，似乎再一冲动就要抢走他。

他把右侧的耳鬓头发撩起，指着耳朵给大家看。我凑近一看，他的耳朵上有一个豁口，月牙状，上弦月那种，很规则，豁口处也异常光滑。他又撩起另一边头发，让我们看，还是一样，耳朵上有个月牙状的豁口。两个豁口大小一致，如同复制的。

他放下头发，拧开瓶盖，喝了一口水，说，或许你们不信，但这是真的。那一年，具体哪一年，我记不清了，这些年，我拼命回忆，但总是记不起时间，听过咸城有切除记忆的，不知道有没有修补记忆的。他说到这，我突然想插话，但又忍住了。有人不耐烦地嚷道，别说时间了，说事情，时间不重要。青年人干咳了两声，接着说，那天晚上，夜色很美，月亮早早就从东边游到半空了，是很迷人的那种上弦月，淡黄色，散发着桂花的清香。我早早来到海边，坐在沙滩上，等我的女朋友，她是一名图书管理员。海浪翻卷而来，又撤身而退。月光洒下来，幽暗的海面泛起了碎银子般的光芒……

别抒情了，就说耳朵吧。那个早就不耐烦的人再一次不耐烦了，嚷道。

行呢，不多说了，那天晚上，我其实不是和女朋友约会，我是要跟她提分手。因为我父母不同意我们恋爱,说不是门当户对,说我们家不配,说已经给我找了一个在屠宰场当会计的,说已经收了人家彩礼。但我好像真的爱我女朋友,我曾发誓,这一辈子,非她不娶,否则天打雷劈。可面对现实,我不得不听从父母的安排。

后来,那姑娘来了,很高兴,眼睛就像那弯弯的月亮,散发着淡淡的桂花香。她枕在我肩上。我们看月亮和星星,听海浪的声音。直到很晚,夜色凉透了,我说我们回吧。她说你看着不高兴,心事重重的。我鼓足勇气,终于向她提了分手。她愣了好久,然后大声哭泣着离我而去。

我在沙滩上独自走了很久,猛然间,我隐约看见一道月光,白晃晃如刀子一般递了过来,我吓得闭上眼,只听见呲一声,就像刀刃划破了布匹。我的耳朵一阵疼痛,然后便是麻木。过了好久,我才回过神来,一摸耳朵,两只耳朵各有一个豁口,但没有流血。月光把我的耳朵割了……

他刚说完,人们稀稀拉拉鼓起了掌,很满足的样子。

月光割了耳朵,或许也没什么值得惊奇的。我都能把记忆割掉,月光割个耳朵,倒也正常。

有人建议那青年人,你可以去找王博士,预约做手术啊,把痛苦切除掉。

那青年人眼眶里蓄满泪花,又摸了摸耳朵上的豁口,说,我现在就靠这些痛苦的回忆活着。因为在回忆里,那姑娘还活着,还跟我在一起。没有了这些痛苦的回忆,我就什么都没有了。

故事听得差不多了，我该继续去发传单了，我给这圈人每人发了一张，大家压根不关心我发的东西，顺手拿上，有人直接当我的面捏成一团。他们定然以为我是在发广告单子。

我在街上晃悠了大半天，临近中午，好歹也发完了，但没有任何反馈，也没有任何电话，就像石沉大海一般。如果没有人发现我，那我就真的丢掉了，找不见了。这多少让人有些伤感。不过现在的我又是谁？我去了哪里？这要命的问题，困扰了人类几千年，我能回答得了吗。

我准备回家去了，歇一歇，明天继续工作，干那永无尽头、循环往复，如同机器一般的工作。我一个人走着，街上汹涌的喧哗和无端的欢喜都跟我没关系。我绕过一个街区，来到一座桥上。桥中间，护栏边，坐着一个小男孩，十岁左右，衣衫褴褛，头发显得蓬乱，有些面黄肌瘦。他定然不是咸城的，咸城的孩子都在儿童乐园玩一种活人变动物的游戏。有一款设备，圆桶状，孩子们钻进去，从另一端走出来，就会变成动物，不过都是一些凶猛之物，狼、虎、猎豹、野狗之类，没有猫啊兔啊小鸡啊小鸭啊这些。据说是从小培养孩子，让他们知道弱肉强食、物竞天择的道理，拥有动物天性。于是，儿童乐园，其实也就成了动物园。

那个孩子低着头，一边哭泣，一边抹眼泪。他是咸城唯一没有被围观的人吧。

我蹲在他身旁，拍拍他的肩膀，他抬头看了看我，眼里除了悲伤，还有对我的警惕。他的腮帮上挂满泪珠，颗颗晶莹剔透。他又低下头，不再看我。

我问，小朋友，你有事吗？怎么一个人在这里？

他听见我问，愈发哭得伤心，整个身子抖动了起来。我把手搭在他肩膀上，安慰道，别哭了，有啥事给叔叔说，说不准我能帮你呢。

小男孩抬起头，看着我，眼睛里有了些许光泽，我掏出纸巾，递给他，让他把眼泪擦掉。他哽咽了一会，心里稍微平复了一些。说，我爷爷生病了，家里又没钱取药，我在村口卖自家种的蔬菜，挣了一点钱，拿去药店买药，但是医生说那种药只有咸城有，其他地方都没有，于是我走了两天，终于到了咸城，我昨晚在桥洞里睡了一夜，今早起来，钱不见了，不知道是丢了还是被偷了……没有钱，我爷爷的病就治不好了，没有爷爷，我怎么办……说着，他又伤心地哭了起来，眼泪成双成对地落着。

我忙说，不用担心，叔叔带你去买。他一听，停止哭泣，抬起头，眼里满是光了，忙问我，真的吗？

叔叔不会骗你的。

那太好了……不过，我又不认识你，让你掏钱，不好吧……他又有些气馁，神情黯淡了下去。

没事的，谁都会有遇到困难的时候，理应帮助，再说赠人玫瑰，手留余香嘛，咱们走吧。

我带着小男孩去买药，我知道哪个药店有。一路上，他小跑着，满是欢快，像一只蹦蹦跳跳在树枝间的麻雀。问了小男孩，才知道他爸爸去了西北工作，说是随队在沙漠里寻找一块刻有时间密码的石碑，找到那块石碑，就能破解时间的机密，让时光倒流。那天爸爸背着绿色帆布包，包里除了被褥衣物，还有妈妈煮的鸡蛋、他画的一幅画。爸爸摸摸他的头说，听妈妈的话。说完转过身，挥着手，走远了，消失了。后来，那块石碑找到没有，小男孩并不知晓，只是爸爸再没有回来。有一年，家里来了一个南方人，会打精美的棺材，妈妈留下他，给爷爷打了一口，那口棺材竟然像一滴水，人进去就能包裹到里面，还能听见嗡嗡声，像敲打盘子的声音。棺材打好后，某一天，妈妈做了好吃的，酸辣里脊、清炖杂烩、四喜丸子、八宝饭，招待了南方人，当然，他和爷爷也一起吃了那些好吃的。晚上，妈妈一直在赶着给他做一双新棉鞋。他迷迷糊糊起来撒尿，看着妈妈还埋头纳鞋帮，便说，妈妈，冬天还早呢。妈妈抬头看了一眼他，疲倦的脸上露出笑意，说乖儿子，冬天不早了，说来就来，快睡吧。于是，他又沉沉睡去。第二天，当他醒来后，枕头边放着那双新棉鞋。那个南方人不见了，妈妈也不见了。他哭了三天三夜，眼睛都哭花哭肿了。他没有妈妈了。家里只留下了他和爷爷两个人，一老一小，可怜的祖孙俩，相依为命……

我又安慰了一番，小男孩才从失去爸爸妈妈的痛苦中挣脱出来。路上，我给他买了风车，那种会飞的七色风车，飞出去，在空中转许久，又会回到手里。他很高兴，玩着风车，一路奔跑，地上洒满了天蓝色的笑声。

买完药，已近黄昏，我把小男孩留在我家住一晚上，答应他第二天开车送他回去。

小男孩睡着后，我也躺在床上，很是疲惫，刚要睡着，电话响了，并没有显示号码。我接上，对方是男的，声音很沙哑粗笨，说，别找了，你已经把自己搞丢了，再找也是徒劳。我想问你是谁。但电话已被挂了，一串忙音……我把自己丢了，那这个我又是谁？那个我又去了哪里？我反复叩问着自己，就像僧人叩问木鱼，就像指针叩问时间，就像潮汐叩问海岸。我活了这么多年，却把自己搞丢了，这真让人难过。更难过的是我也不知道自己被丢在了何处。很多个漫漫长夜，我独自一人，没有爱情，没有亲人，除了这套死气沉沉的房子和冰冷无情的工作室，我一无所有。我反问自己，我在这人间拥有什么？答案是：什么也没有，连痛苦也没有，仅存的快乐在时间的消磨中，也日渐模糊，日渐稀薄。除了机械一般地工作，我什么也不是。我把别人的痛苦和自己的痛苦消灭掉，可人们仅存的快乐也没有让自己拥有真正纯粹的快乐。那些笑容、欢喜、愉悦，怎么看都是强装出来了，都是人工刻意制造的。所有的快乐都不是发自内心，这有何意义？

　　我曾这样无数次问自己，问完，总是无比痛苦和悲哀，可睡一觉，第二天，消除器又把一切清空了。我还是如往常一般，该干啥干啥，昨晚叩问带来的痛苦和悲哀，早已不复存在。

　　但此刻，我觉得不能这样下去了。这样下去，生命毫无意义。我起身，趁着夜色，来到了工作室。在设备辅助下，我小心翼翼取出了那个消除器。消除器黄豆大小，但已生锈，或许不是锈迹，那是痛苦在临死时留下的血迹，殷红，刺眼，扎心。

取出消除器，我把工作室的门锁上，贴了封条，又给公司负责人发了辞职信息，然后关机，回了家。回家的路上，我浑身轻松，像那个风车一般，飞起来了。东方，天色渐亮。

我开着车，在公路上奔驰着，小男孩坐在后排，抱着药，手里拿着风车。窗户缝里进来的风，把风车吹得不停旋转，像一道转动的七色彩虹，好看极了。小男孩看着风车在出神，他一定想到了爷爷吃完药，康复起来的样子，也或者想到爸爸妈妈突然回来了。

三个小时后，我们来到了一个小村庄。我问是这儿吗。小男孩把脸贴在车玻璃上，鼻子压得扁平发白，激动地说，是的是的，再往前开一段路就到了。

我不知道这个村庄的名字。但当车开到村口时，我放下玻璃，一股清冽的空气迎面扑来，还带着些许清香。我大口呼吸，感觉整个肺部被这洁净清新的空气淘洗着，自由而舒畅。我好想大喊一声，但又觉得不大礼貌。公路两侧，盛开着蜀葵，红色花朵如碗口一般，装满了清风。蜀葵下面，卧着懒洋洋的猫狗。后面，是一户户农家院落，墙上长满了大朵大朵的蔷薇，白色、粉色、红色，一簇一簇，挤挤攘攘，像一群小学生，打闹着，欢笑着。远处，是山，山上有麦田、树林。麦子快熟了，一片金黄，风吹来，麦浪隐约如潮水，在山坡荡漾。山顶，是蓝天白云和太阳。我已多久没有见过它们了。在咸城，污染让城市陷入雾霾，整天混沌不清。那么蓝的天，像清水洗过一样。那么白的云，如同棉花，一朵朵盛开着。那么明亮的太阳，把温暖和自由的光芒洒下来，整个大地都被揽进母亲的怀里。

我不由得流下了眼泪，眼泪挂在脸上，我不想擦掉，就让自由而透明的风帮我擦干。小男孩看到了，问，叔叔，你怎么哭了？我笑着说，叔叔高兴，这一次，是真的高兴。

小男孩家的门虚掩着，院子不大，静悄悄的，一边种满辣椒茄子萱花韭菜等蔬菜，一边是各种花，月季、紫薇、灯盏花、八瓣梅等。花开得正好，在太阳下，姹紫嫣红，蜜蜂飞舞，嗡嗡有声。院子一侧是一排三间平房，红砖盖成，时间并不算很久远，只是外面本想用水泥粉一下，结果粉到齐腰高，不知何故，便停工了。现在看来，倒像有人把裤子穿到一半停下了，颇是奇怪和尴尬。

小男孩提着药，我拎着顺路买的礼物，一进院子，他已迫不及待跑向屋子，边跑边叫"爷爷——爷爷——我买药回来了——爷爷——"，我跟进屋，屋子漆黑，定了定，才借着窗口和门缝的光看清屋里。小男孩一动不动站在床前，靠窗的床上铺着被子，但被子里空空荡荡。我把礼物放下。问爷爷呢。小男孩哇一声哭了起来，大叫着爷爷——爷爷——我把手搭在他肩膀上，安慰他，别慌，说不定爷爷在外面。他用手背擦了擦眼泪，嗯了一声，跑出门，去外面找爷爷了。

我摸了摸被窝，里面冰冷，甚至冻手，似乎已经好久没有睡过人了。

渐渐地，眼睛完全适应了屋里的光线。我转了一圈，屋子不大，也没有像样的家具，只有床、衣柜和餐桌，且都很陈旧了，油漆磨掉，露着木头的本色。餐桌上，放着锅碗，洗过，没洗干净，锅底还粘着菜渣。餐桌一角，放着蔬菜，仅有西红柿和洋芋。洋芋蔫兮兮的，发了芽。另一侧衣柜，柜扇没有合严实，一件衣服的衣襟夹在上面，看衣襟，是件旧衣服，还有一处破洞。我不敢相信，在咸城以外，农村的日子还这么清贫。咸城早已进入超级时代，超级数据、超级信息、超级服务、超级人工智能等，已如家常便饭，进入千家万户的生活。可在这里，生活还停留在很早以前。我甚至怀疑我到了另外一个星球，或者像那个老者一样跳进了梦里。

窗台上，摆着相框，相框里装有一张泛黄的彩色照片。应是小男孩一家的合影。爸爸妈妈和他，三个人，他在中间，爸爸妈妈坐于两侧。一家三口，其乐融融，满是幸福。我拿起相框，把上面的灰尘擦掉。那时小男孩还小，脸上带着几分婴儿肥，眼睛大而漆黑，葡萄一般。他坐得并不直，头微微侧向爸爸，左手捏着一把木头枪，右手握着一颗青皮核桃，两只手都不干净，好像粘有泥巴。或许当时他正在池塘捉泥鳅玩耍，是被爸爸硬拉来的。他还小，对照相不感兴趣，甚至有些害怕。坐在爸爸妈妈中间，看着眼前黑乎乎的东西。妈妈说笑啊，笑一个，看着前面笑。爸爸又补充道，别傻笑啊。他终于挤出了一个不大自然的笑。照相机正好抓拍到了那个笑。爸爸呢，那天专门精心收拾了一番，穿着白衬衣，外面一件绿外套，类似于八九十年代的军装。外套纽子系上来，领口留了一颗，露着崭新的白衬衣领。爸爸头发三七分梳开，用水一梳，背到了后面，面庞看着很是英俊，脸上挂着笑容，就像那一天的阳光，灿烂无比。妈妈听说要照相，打扮了一早上，洗了头，抹了头油，涂了雪花膏，穿上了许久未穿过的淡绿色斑点连衣裙。那裙子有白色翻领，像两片荷叶，裙摆带着褶子，走起路来，微微扬起，像一只孔雀。整个早上，她都对自己的头发不满意，扎成辫子，显得幼稚，披下，感觉老气，束成马尾，又很普通，到底该怎么梳，这让她有些焦急和烦躁。爸爸说，你有次扎了丸子头，我觉得挺好看。妈妈放下镜子，说是吗。嘴里叼着皮筋，扎起了丸子头。头顶和两侧的头发拢到后脑勺，扎成一颗丸子，脑后的头发自然披下。妈妈拿起镜子，走来走去，看了很久，觉得丸子头真不错，显得年轻里带点稳重，稳重中透着俏皮。妈妈哼着曲子，又补了补眉毛和口红，才算打扮结束。那天，这张照片，就这样拍成了……

我沉浸在照片里，那些场景似曾相识，但又想不起，毕竟有些记忆被消除了，靠边边角角是无法完整还原的。小男孩的哭哭啼啼声把我拉了回来。我问，找到没？他摇摇头，可能是一直在跑，加之焦急，脸蛋红扑扑的，小胸脯一起一伏。

家里的四周我都找遍了，附近的邻居家也去找了，我问他们见到我爷爷没，他们都说没有……叔叔……爷爷不要我了……他带着哭腔，抬头看着我。他还那么小，此刻，唯一能指望的人就是我了。

我说，不要急，爷爷可能等不住你，去找你了，或者下地去干活了，也或者去走亲戚了，他不会丢下你的，我们再找找。

他点着头，嗯嗯应着，像个小大人似的，神情笃定。

接下来的日子，我都带着小男孩到处找他的爷爷。蜀葵开得愈发娇艳了，蔷薇也开得愈发蓬勃了，麦子熟透了，像一块黄金，置于山上，散发着光芒。天气开始炎热，烈阳在头顶，混合着蝉鸣，扑簌簌落满村庄。我突然想到，小男孩的爷爷，定然是找不到了。

我已不再去咸城工作了。我把电话号码注销掉，没有人知道我去了哪里，也没有人能联系到我。我不知道我离开咸城后，是不是引起了很大的震动，毕竟他们失去了唯一的记忆切除师。那些权贵和他们的亲戚早已习惯了大脑中没有丝毫痛苦，那些翘首以盼的市民总幻想着某一天摇到号能够做手术。如果他们知道我不在了，会不会陷入疯狂和绝望。我难以想象。但我不想再去想象。我也不知道他们会不会发传单寻找我，通过监控搜寻我，甚至派出警卫队和特工通缉我。我难以想象。但我不想再去想象。

这一次，只有我知道自己去了哪里。这让我踏实，甚至带着窃喜。咸城的一页如同台历，已被我撕掉了。

我现在和小男孩生活在一起。我们一起去采摘院子的蔬菜，一起把压倒的西红柿苗扶起固定好，一起把院子打扫得干干净净，一起修了篱笆围栏养了小鸡和兔子。还一起下地割麦子，一起请人来帮忙打碾，一起去村口的磨坊磨面，一起吃新麦面粉烙成的饼子。还一起到池塘捞鱼，一起掰了玉米煮着吃，一起捉蚂蚱，一起去山林摘野果。每天，我们都过得很快乐，是那种真正的纯粹的快乐。

日子久了，因为我的陪伴，小男孩渐渐从失去爷爷的悲伤中走了出来。只是每个月夜，他还会坐在院子里，看着那些蔬菜花草沉默很久。那是爷爷悉心所种。我知道他想爷爷了。我提了板凳，来到他身边，陪他坐着。我们不说话，听风把花瓣抚慰、蟋蟀在墙角弹琴、灰猫走过屋顶、月色如绸披在了我们身上……直到月亮爬上我们头顶，灰喜鹊把大门关上，一颗露珠从叶片上生出。他靠在我身上，打起了盹。我把他抱进屋子，放在床上。

看着他圆圆的脑袋，黝黑的头发，长长的睫毛，日渐圆润起来的脸蛋。我突然对他又无限疼惜。就像他是我的儿子一般。

现在，在这世间都没有了亲人，我们就是彼此的亲人。我们要相依为命，成为一个新的家庭。我轻轻吻了吻他的脸颊。

我突然想到我们的对话。我说，你还没告诉我你的名字呢？

叫我多多吧，福气多多，营养多多，快乐多多。

我笑着说，真好听，不过营养多多是你从电视里学来的吧。

他嘿嘿笑着，算是默认，问我，叔叔，你会不会也丢下我走掉呢？

我看着他，很肯定地说，叔叔不会走，叔叔要跟你一直在一起。我摸了摸他的小脑袋。

那你的工作、你的房子，怎么办？

我已经和那个城市没有任何关系了，我们已经一刀两断了。

一刀两断。多多明显还不能很快理解这个词语。他想了一会，说，那好吧，我们拉钩。

……

第二天，我还睡着，突然尾巴一痛，我惊醒来，看到多多正揪着我的尾巴玩，他嘿嘿笑着，带着疑惑和好奇，边玩边说，叔叔，你怎么有一条彩色的尾巴？

我突然想起昨晚睡觉，脱了裤子，尾巴露了出来。我问，难道不好看吗？好看，也好玩，就是有点奇怪。他拿起尾巴，在脸上蹭着。在咸城，每个人都有尾巴，而且各有不同，不过藏在裤子里，我们看不见，大家都有尾巴，也就见怪不怪了，反而没有尾巴，倒是一件奇怪的事。多多摸了摸自己的屁股，好像在摸自己是否有尾巴。他看看自己的身后，又看看我的尾巴，再看看我，笑了，小门牙像一串贝壳，漂亮极了。

在村里生活久了，我总感觉大脑里有什么东西在细微地蠕动。后来，我才搞清，是有些记忆正在暗自生长，如同蘑菇的菌丝一般。那些没有被彻底清除掉的关于痛苦的记忆，或许只残存了尘粒大小的一点，但此刻，它却开始一丝丝生长了起来。

　　渐渐地，有些记忆复活了。我首先想到的是那些传单并不是公司让我发的，是我自己打印出来的，为了打印传单，我很矛盾，我知道丢失了自己，很想找回来，但这无疑又是自讨苦吃。这种矛盾纠结的记忆，经过一夜之后，被清理掉了。我只记得传单，还以为是公司安排的工作。

　　而最关键的是，我想起了很久以前的许多事，包括童年。小时候，或许是六七岁，我和爸爸妈妈拍了家里唯一一张全家福。那一天，我在池塘玩耍，被爸爸硬拉了回来，这让我很不情愿，而爸爸妈妈倒特别开心，精心收拾打扮了一上午，临近中午，照相师来，给我们拍了照片。照相师还夸我们会照相呢。遗憾的是，爷爷去赶集了，不在家。后来，我八岁时，爸爸被调去了西北，说是去找一块神秘的石头，一去再也没有回来。九岁时，妈妈跟一个南方来的男人走了，一走再也没有回来。到了十岁，有一年，爷爷生病，我去取药，回来了，但爷爷却不见了，没有人知道爷爷去了哪里，生死不明，爷爷一走再也没有回来。我成了孤儿，吃百家饭，穿百家衣，也受欺凌打骂，也遭风吹雨打，食不果腹是常有之事，衣不蔽体也是常有之事。好在我没有辍学，在村里几个亲友的帮扶下，我一直有学上。在学校，我横下心，一定要好好读书，出人头地，于是，我上中学，考大学，离开了村子，来到了咸城，又攻读了博士，有了一份被无数人称道羡慕的工作，拿着巨额高薪，虽不是锦衣玉食，但也把人间繁华和奢侈都反复体验了。

后来，我有了女朋友，在大学教书，起初，我们感情很好，一起吃饭、看电影、去旅游、逛海滩，如胶似漆，卿卿我我。但日子一久，我便腻味了。我出了轨，爱上了一个有夫之妇。那个女人说只要我跟女友分手，她就离婚，跟我在一起。为此，我以家人反对为由，跟女友提出了分手，鬼知道，我压根没有了亲人，都是编造的。我们分手后，我跟那个女人相处了一段时间，她骗了我许多钱，最后不翼而飞，后来我才打听到，她压根就没有离婚。这个骗子，让我对爱情失望透顶了。

我还想起小时候的另一件事。每逢春节，村里都要举行一种叫跳圈的民俗活动。正月初二晚上，家家户户张灯结彩，打着灯笼，把去世的先祖的令牌抬到庙里，跟山神一起供奉，然后烧香点蜡，献上三牲，放鞭炮，点烟花，锣鼓齐鸣。众人围成一个圈，圈里东南西北四个方位各点一堆篝火，在火光汹涌中，先舞龙，后耍狮子，最后由爷爷表演跳圈。爷爷脱光上衣，火光把他的面庞和后背映得通红，他就像一块木炭在燃烧着，嘴里念着咒语，眼前一条红绳子，在咒语里，绳子围成圈，爷爷跳进去，在里面旋转一会，又跳出来。人群的欢呼声在他的跳进跳出里，忽高忽低，就像火焰升腾、潜伏、又升腾。跳圈结束，大家聚拢在一起，高声齐颂祭歌，直到很晚很晚……我问爷爷，这样跳出跳进是干吗呢，爷爷说，是给神仙和祖先汇报我们一年的收获和损失呢。我没有再问爷爷，但我却很害怕，梦里总是梦见被一团火焰追赶着。

……

当然，这些于我都是痛苦的回忆，我早已将它们切除。可现在，它们渐渐复活了。我还回忆起了很多。就像那雨后的蘑菇，一嘟噜一嘟噜，从土里生出来，四处蔓延开去……

多多就是另一个我。换句话说，我找到了小时候的自己。我要陪着小小的自己，重新开始生活，重新长大，重新走另一条人生的道路。我要陪着小小的自己，让他不再失去亲人，不再饱受人间疾苦，让他有一个完整而温暖的家。很多时候，我看着多多在院子玩耍、在廊檐下吃饭、趴在桌上写字，或跟我去劳作，总有这样的感觉。我想，这种感觉是对的。

我们去爬山，山顶开满了蒲公英，风一吹，它们打着伞，悠悠然，都去了远方。长风吹拂，青草摇曳。远山如黛，一座连着一座。村庄，静谧地躺在山沟，像一块石头，沉默而安详。我们吃着从林里摘来的毛桃，毛桃味淡，却很香，它们的核，打磨光滑，串起来，是绝好的手串。我们并排坐着，猫儿草挠着我们的后背，紫蝴蝶停在脚尖上歇息。

我问多多，你最喜欢什么？

彩虹。多多不假思索地说。

为什么喜欢彩虹？

因为彩虹漂亮啊，赤橙黄绿青蓝紫，七种颜色，太好看了，当然，彩虹还是希望，看见它，就看见了希望，爷爷说，对着彩虹许愿，所有的愿望都能实现呢……可是……

可是什么？

可是我从来没有见过一次真正的彩虹，村里的其他人也是，他们都没有见过彩虹，因为谁也不知道彩虹什么时候才会出现，不是每一次下雨都会有彩虹，即使有，人们也会错过的。我听出了多多的叹息、失落和向往。

我把多多揽进怀里，我知道他见过最像彩虹的东西，比如我的尾巴，比如那个风车（风车已被多多送给了比他小的男孩，因为小孩特别特别喜欢，多多也喜欢，但他知道自己还有叔叔的尾巴），但这都不是真正的彩虹。我看着天空，天空蔚蓝而盛大。我说，多多，叔叔可以帮你。

真的吗？他看着我，眼睛里闪烁着光泽，惊喜和兴奋让他的脸颊泛起了红晕。

我点点头，说，叔叔可以给你和大家当彩虹预报员，那将是我的新工作。

啊，那太好了。说着他站起来，拍着手，蹦跳着。彩虹预报员，彩虹预报员，太好了，太好了……

可是你怎么预报呢？他歪着头突然问。

我自有办法，哈哈。

那在没有彩虹的时候呢？他又问我。

我说简单啦。我把尾巴突然掏出来，让它弯成半圆，七彩的尾巴，在蓝天下，就是一条璀璨的彩虹啊。

哇，真的哎，是彩虹，是彩虹……山顶上，飞满了多多的欢笑声，像蒲公英一样，打着毛茸茸的小伞，飘荡着，飘荡着……

这一刻，我明白了，这世间，人们真正想要的不是切除掉痛苦，而是得到真正的纯粹的快乐。这世间，因为有了痛苦，一切才变得更加完美，因为有了痛苦的回忆，生命才算完整。

彩虹预报员，这正是我应该干的工作。

X
或
x

雨是从正午停歇的，也或者是从清晨和傍晚。对于一场雨，时间毫无意义。

我穿过巷道时，雨水刚从街头撤退。绿色植物把手臂搭在铁栅栏上，不停磨蹭，它们皮肤瘙痒，长满红疹。而所有花朵变得懒惰不堪，年复一年的盛开和凋谢，让它们疲惫不堪，也毫无兴趣，最后一律套上塑料材质充作花瓣，这样就可四季绽放。

我从花园里揪出一根紫色花朵，它竟然有黑色液体，在断裂处滴滴答答，落到地上后把水泥路面烫出了血泡。真是不可思议。

咸城的红白喜事，已经不用搭份子钱。钱不复存在，人们只需要拥有一串数字即可。交易时，互相传递几个数字。后来，数字也变得毫无意义，人们暂时尚不清楚该怎么进行交易和传递感情。

我在巷道走得太久，竟然忘了因何上路。我手中的花，散发着浓郁的甲醛味，甲醛味道发甜，真是好闻。我捧着花，这是要去哪里？我把头从脖子上抠下，把记忆往回拨了一圈，才找到了上路和摘花的原因——我要去参加朋友X的婚礼。他已在数月前通过无限信息邀请了我。让我务必参加。

这或许是一场特殊的婚礼。而我，作为某种意义上他的"前女友"，是要在现场为他送上祝福的。关于祝福，咸城人其实早已不感兴趣。

婚礼在是一个墓园举行的。这多少有点惊悚。

好在曾经坚硬的墓碑，婚礼前喷洒了某种液体，现在如同哈巴狗一样，瘫在地上，嘴里伸出长舌头，这舌头是逝者的遗照。至于墓碑下的灵魂，全装进一辆敞篷车里，送到某个酒店了。当然，他们在酒店的住宿、餐饮等，全是我朋友X负责提供的。墓园为了人性化服务，取消了葬礼业务，推出了更受欢迎的婚礼业务。喜好体面的人结婚，都选择在这里，预示白头偕老、至死不渝，从墓园开始的爱情，定会以墓园为终点。

没有墓碑阻挡，没有灵魂争吵，墓园雅静而宽敞，西方音乐在园内缭绕，白纱挂在树梢，腰肢柔软而性感。

X上场之前，我已把那枝花插在了婚礼台前的烟灰缸中。它正好把整个墓园装饰了起来。

X上场的时候，我和另一些我们，使劲鼓了掌。我不认识另一些我们，但应该都和X有着某种联系。X身穿西装，西裤，皮靴。僵硬的白衬衫领子竖起来，像一圈脖套，把他的脑袋塞进去，固定住，难以左右摆动。他的衬衣袖子从西装里探出来，奄拉在手腕上。手上的黑玫瑰，在花托里扑棱着翅膀。幸好下面用绳子绑着，否则一朵朵都飞走了。

婚礼没有司仪。X站在台上，略显紧张，但依然难掩兴奋。他清了清嗓子，用左手食指摸了一下额头的汗水，开始致辞。天空飞过成群的蚊子，蚊子硕大，拳头一般，它们已经不再满足吸人血，而是开始在午夜趁人入睡之时，吸食人梦。第二天，被吸掉梦的人，疲乏无力，头脑昏沉。人们暂时对蚊子变异的研究还未取得实质性进展，所以也没有必要招惹这些让人束手无策的家伙。蚊子飞过时，X顿了顿，好在它们白天一般不会给人带来迫害。X的致辞我并未听清，可能是蚊子飞过时的轰鸣声，遮住了他的声音。

X是理工男，研究人工智能，已经是咸城这个领域的大咖。他曾研发了一款新产品，将这款产品植入果树，树叶就会自动织成新型布匹，并裁剪成潮流服装。当然，这种研发对他来说并不用投入多大的精力和智商，但对于致辞，他一点都不拿手，我猜他的致辞也不会有什么优美词藻和修饰夸张。

致辞完毕，他举杯表示感谢，我们也举杯，把杯子里的银色液体一饮而尽。咸城人已经不喝酒水、饮料，喝一种智能液体，据说长期饮用，会让人体逐渐变成一个移动智能载体，就好比一台会走动的电脑。当然，这种液体很贵，只有在重要场所才能喝到。两个花童朝X撒了花瓣，花瓣刚一撒出手，就如同纸灰，纷纷扬飘荡起来，最后聚成一块云，落下了一片橘黄色的雨水。

接着，一阵掌声以后，今天的另一位主角——新娘隆重出场。两名身穿白色礼服的女士，抬着一副金色架子，踩着碎步，来到场地中央。金色架子上面，摆有一个彩色礼盒，盒子上，盖着流苏白纱。X 走到架子前面，双手合十，说了句，我爱你，直到永远。然后揭开白纱，盒子里电子设备启动，一个玻璃云台徐徐升起，云台上，盖着粉色婚纱。X 亲吻了一下婚纱，然后轻轻掀开。我们满怀期待，屏住呼吸，目不转睛，期待着浪漫一刻的到来。

一台手机。

玫红色手机。没有错，我们看得一清二楚。当婚纱褪掉的一刻，它，或者她，带有羞涩，静静躺着，甚至还不敢直视眼前的这一切。

确实是手机。我的朋友 X 和一台手机结婚了。他是咸城历史上第一个和手机结婚的人。很快，这样的新闻如大雪一般，瞬间覆盖了咸城每一处角落。

X 把他的新娘捧上掌心。一名西装革履的男士为他们颁发了结婚证，并祝他们幸福美满，举案齐眉，生死相依。我们再次报以掌声。掌声刚歇，X 为爱人送上深情一吻，这吻，足有一分钟，我们甚至听到了他们爱情流淌的汨汨声，河流一样，带着鲜红的气泡状的味道。

吻毕，X 声音颤抖，说，再次感谢大家莅临我和 Selin 小姐的婚礼，并为我们送上祝福，我和 Selin 小姐从相识、相知，再到相爱，有半年时间，虽然日子并不算久远，但我对她的爱却很深沉。这半年时光，我和 Selin 小姐每天朝夕相处，我睁开眼的第一件事，就是把Selin捧在手心，白天，我可以不带任何东西，但Selin一定要伴随在我身边，一刻也不能离开，离开她，我的生活将出现困难，离开她，我就心神不宁浑身难受，所以，我不能没有她。而到了晚上，我闭眼休息的最后一刻，也是和Selin在一起，她在我的手心，我的怀里，陪我进入梦乡。每一天，每一刻，甚至每一秒钟，我都和Selin在一起，我离不开她，更不能没有她，她能给我一切，我能永远守护她，宠着她。这，难道不就是爱情吗？既然是爱情，就要有结果，就要爱得名正言顺，于是，我决定，和她走进婚姻殿堂，结为夫妻。X的语音因激动有点颤抖，他把新娘紧紧捧在胸口。他们的心跳互相碰撞，一些爱情的火花溅起来，在空中燃烧，还散发着玫瑰花的味道，这一切，让现场陷入了浓烈的浪漫温馨的氛围里。X接着说，你们相信爱情吗？在今天，咸城已完全进入了一个崭新时代，爱情成了一串支付密码，一段肉欲之欢，爱情成了大多数人发泄欲望的借口，什么东西都可以装进去，但我不，我相信爱情，我相信白首不分离，我相信耳鬓厮磨相濡以沫，即便有些人可能难以理解我的爱情，但比起那些打着爱情的幌子招摇过市的人，我至少是诚实的，是勇敢的。而你们呢？

我们被X的感言所感动，也被他的最后一问所击倒。

X的眼眶里飘着泪花，粉色泪花，和爱情一样，纯真、美好、不屈，带有希望。他把新娘抱在怀里，抱了很久，新娘无疑是世界上最幸福的。咸城人已经失去了拥抱的能力，或许只有X还知道拥抱吧。

X和他的新娘开始给大家逐一敬酒,有人唱歌跳舞,有人去餐台拿糕点,有人把我留下的紫花揣进口袋来缅怀已经逝去的爱情。我正要举杯向一对新人道贺时,却收到了一条信息。

事态紧迫,我不得不放下酒杯,离开这里。

我要赶去x家中。

x家在咸城nG手机研发中心家属楼。那是一栋可以自动行走的楼,城市哪里需要,就会去那里。所以要找到它并不是很顺利,得反复定位。这栋楼上,全部住着咸城手机研发领域的大咖,他们是这个城市最聪明、社会地位最高的一个群体。城市可以没有布料,没有衣服工厂,X能解决这个问题。可以没有水电,其他大咖会解决这些问题。但城市不能没有手机,而且必须不断研发,不断推陈出新,不断智能化。听说x和他的团队即将研发出一款意念式手机,只要给人打一针,往人体内植入一种芯片,大脑里会自动形成一款手机,它看不见,摸不着,但确实存在。x将这款手机命名为——幻机。它注定是一款划时代意义的发明,它的出现,将解放人类的双手,手机将不再叫手机,因为它存在于人的大脑中,而不是手上。他的研发成果已经得到了咸城市长的高度赞誉,市长将给每个研发人员免费配发一对翅膀,作为奖励。插上这对翅膀,就可以在咸城任意翱翔。这是咸城最高的褒奖。因为咸城人已经在陆地上待腻了,大家梦想着像鸟一样生活在空中。但研发翅膀并不比研发手机轻松,所以,翅膀数量有限，能够拥有，是至高荣誉。

我找到那栋楼时，它正好从河里洗澡回来。楼身上还沾着铁锈红的水滴，一粒粒滑下来，摩擦出了一道道白烟。那是下午，哦，不对，是上午。时间完全错乱。我不曾拥有时间，控制我时间的那部分芯片已经损坏。

我敲门进入时，x的妻子披头散发，面容憔悴，手臂上还留着几朵伤口，伤口上长出的花，开始凋谢，每一片花瓣都像一只蝴蝶，纷纷坠落。

我们坐到沙发上，x的妻子递来一杯水，我没有喝，放下。她又递来一根烟，我没有吸。她自己点燃了一根，烟灰像一群灰鸽子，飞出屋外。

我问，x先生真的没有了吗？

她点点头，把伤口上的一朵花拔掉，扔进垃圾桶，手臂上开始结疤，最后变得坚硬如铁。她说，爱情已经死了。然后把烟捻灭，我看见烟头被挤压搓揉时疼痛撕裂的表情。她讲起事情的原委。

十天前，或者昨天，也或者三天后，但绝对不是今天。时间不重要。晚上睡觉没有关窗，风吹进来，我着了凉，头痛，浑身难受。x要去上班，我说我身体不好，你今天别去上班，可以陪陪我吗？他扔给我一板感冒药，套上自己常年摘不掉的围巾，还是要去上班。我说，就不能陪陪我吗？他对着镜子整理围巾，心不在焉地回了句，吃点药，躺会，就好了，我不能陪你。我从床上坐起来，朝他吼道，我死了你都不管吗？他转过身，看着我，冷冰冰地说，你不会死掉，今天不去上班，我的项目才会死掉。

x的幻机项目进入最关键的阶段——人体注入。各项工作已经准备就绪，就等着他签字，然后启动按钮，机器人会自动将那种芯片植入第一批幻机购买者体内。第一批幻机拥有者花费了巨资，托了多重关系，甚至在注入之前，还把大脑皮层切去了一半，一是用大脑皮层换钱，二是据说这部分皮层和幻机部分系统不兼容（其实x和他的团队都知道是兼容的，咸城背后那个神秘力量让他们说，不能兼容。这里面的利害关系，无人能懂，但大家不敢丝毫违背）。所以，他必须去工作。这不仅关系着第一批购买者的利益，更关系到咸城的声誉和未来。

x整理好围巾，准备出门，我起床，一把抓住他的手，不让他开门。我怕，我怕他走了，不再属于我。我把头抵到他胸口，说，我们做夫妻，已经快十年了，难道你就这么狠心吗？你真的就没有爱过我吗？x一把推开我，凶吼道，别给我谈他妈爱情，我不懂，我现在只在乎我的项目，爱情他妈都是骗人的，你别再白痴了。

我愣在原地，不知所措。

十年，我们结婚十年了。当初，他孤身一人，父母早逝，居无定所，候鸟一般。有一次，我去超市，被他拦住借钱，说要买酒。当时他喝得醉醺醺的。一场雪从地上正企图落向天空。很冷，石头都在打战。我出于怜悯之心，给了他钱，虽然我不认识他。他留了我电话，说日后奉还。过后许久，这事我都忘了，结果他来电话提及还钱。我不想要了，毕竟只是点零钱。但他执意不肯，最后我们约到一家咖啡馆，坐了好久，聊了一些往事，也谈及了未来。他是个很有理想的青年，他有自己的抱负和规划，他说他要在手机研发方面做出让世人刮目的成绩。他的遭遇令我同情，他的未来值得期待。我想，他不是一个流落街头的醉鬼，他有属于自己的未来和事业。他还说，他的母亲去世前，曾写了信寄给他，但邮差不知送往了何方。他回到家时，母亲已去世半年。他说，当初，要是有手机，该多好。

后来，我们确立了恋人关系，但我的父母坚决反对。因为他们一个是高校教授，一个是企业高管，怎么能容忍女儿嫁给一个一穷二白之人。为此，我和父母发生了旷久的冲突和矛盾。最后，我搬离父母身边，和x住在了一起。我和父母彻底决裂，直到他们一一离世，我们也没有和解。合住一年后，我们结婚，很恩爱，成天腻歪在一起。x为了工作，不想要小孩，我为了支持他，一直没有怀孕，直到今天。但一两年后，他一头扎进工作，开口闭口手机，睁眼合眼手机，吃饭睡觉全是手机。慢慢地，在他的世界里，只有手机。而我成了附属品，可有可无，甚至显得多余。

直到今天，我到了众叛亲离，孤苦一人的地步。天知道，我错在了哪里。

x还是执意要出门。他拉开门把的一瞬，我一气之下，扯掉了他的围巾（他母亲留给他的唯一遗产），丢在地上，踩了两脚。他当时也急了，我看见他满脸血红，怒目圆睁，巴掌狠狠落在了我脸上。我和他厮打了起来。就像两颗鸡蛋，互相磕碰，要双双毁灭。在厮打中，我抓住了他背后的一根线，使劲一扯，线断了。后来我才知道那根线是他为了研发幻机，把自己当做了第一个实验标本。线断裂的那一刻，他猛然安静下来，然后，不再动弹，跟冻住了一般。几秒钟后，突然翻倒在地。他背后的那根线，有银色液体流了出来，血液一般，还带着火星，慢慢流满了屋子。最后，他瘫软下来。我还在气头上，只是看着眼前的一切莫名发生，而没有想到施救。慢慢地，他开始缩小，缩小，在缩小的过程中，一点点变成了手机。

真的，他最后变成了一部透明手机。

我还怀疑他给我演什么把戏，想到我为了他付出那么多，而他对我，变得如此冷漠、刻薄，还动手打我，我还不如他手机上的一个零件。我多么可怜。想到这一点，怒上心头，我捡起x，从窗口扔了出去……

两个小时后，我后悔了。我去楼下找，却再也找不到他了。你知道，我们的楼，是会行走的。

你需要帮我找找x，或许，只有你能找到，毕竟你也是他某种意义上的"前妻"。x的妻子把头发拢起，扎住。往伤口上的花朵里倒了几杯酒。尚未凋零的花，开始扭动，挣扎，甚至发出了细细的哭声。她知道疼了……x的妻子默默地说了一句。

我不敢保证能找见x。我只能试试。

出门时，x的妻子用哀求的口吻说，答应我，找到他，如果可以，以后，我做他的试验标本。况且，你也知道，在咸城，如果谋杀一个人，谋杀者会被抽掉身上所有的爱，让他的灵魂死掉，我不能没有爱，虽然咸城的爱越来越少，我还想活下去。但我，真的谋杀了我的爱人。

黄昏就要来临。

X的蜜月是在一个鸟巢里度过的。婚礼之后，他们就去了鸟巢。

X的蜜月期有五个小时，这个日期是咸城标准。但作为首个和手机结婚的人，咸城新增了一条，和人工智能产品等结婚可延长一个小时，同时鼓励和人工智能产品结婚，以全力推动科技进步。

在等X的六个小时里，时间变得异常怪异。时间在一点点褪去，海浪一般。荒芜之沙显露出来。时间又一寸寸升高，海浪一般，要把万物淹没。我倒是有些担心，如果过了今天。城市被刷新之后，要找到x就基本不可能了。

我本想去鸟巢里找X，跟他说说我的朋友x不见了，需要他帮助。可咸城的鸟巢并不是一个实体，它是虚构的，如同空气，它确实存在但看不见摸不着。在几千万人口的超级城市里，要找一个虚幻的东西何其之难。而同样在几千万人口的超级城市里，要找一个能帮忙的朋友何其之难。除了X和x，我再没有朋友。

走在路上，看着满城纸屑样飘浮的汽车，看着拔节一般生长的楼群已经顶住了天空的发际线，看着潮水般起伏又盐粒般消融的人流，看着满大街的花草僵硬冰冷，我有种难以掩饰的孤独。

咸城在发育，如同一个巨大的婴儿。高度智能化已经让它衣来伸手、饭来张口，除了长肉，它可以凡事不干。多年前，咸城还是个普通城市，车在地上，所谓摩天大楼也就二三百层，花有香味，草会呼吸，人和人之间尚有一丝温情。后来，为了发展，为了成为地球第一城市，一大批超级科学家被引进，一大批人工智能项目被实施，一大批超超前理念占据了城市大脑。最终，咸城成了另外一个城市。

我在这城市，生活了好多年。但我依然爱它。如果，我们有根的话，我的根，应该在咸城，它没有扎进泥土，全城厚厚的钢筋水泥，多么锋利的东西，都难以扎进，何况我的根须。我只是把根放在水泥路面上，收集了为数不多的几粒尘埃，盖在根上，权且当做泥土。

在咸城这些日子里，我先和x生活了两年，三年，也或许半年。我跟X也生活了差不多这样的时间。我曾开玩笑，我是他们的"前任"。我至今，爱着他们，即便，X娶了新娘，x也结婚多年。可这不重要。

暮色是一件大夹克衫，横在天空的银色拉链被一点点拉上，咸城被黑暗裹住了。也或者说，白昼是一罐水，有人用管子把水很快抽干，露出了漆黑的罐底。

我踩着黑夜行走，黑夜如沥青，粘在鞋底，会扯出很长的丝。在咸城的黑夜中行走是困难的。绿色植物的瘙痒并没有因为黑夜有所缓解，而是愈加难以忍受，它们挣断根须，和我一起行走。如同我放牧的羊群，但它们有随时陷入夜色难以自拔的危险。

我来到X的家中。要找到x，我知道，凭我一己之力，是不可能的。X会帮助我，他有一套独立研发的人工智能查询系统，可以找到咸城丢失的所有东西。当然，这套系统很复杂，以我的智商是难以理解的。不过他当时还因为这套系统的发明，被奖励了一对翅膀。翅膀到手后，他异常兴奋，插在肩头，带我在咸城飞了几圈。从空中看咸城，异常陌生，城市高楼林立，如铁钉钉在大地上，密密麻麻。那些楼走起来，蚂蚁一样，让我眼花缭乱。飞过几次之后，X对翅膀失去兴趣，又开始着手研发其他东西。翅膀丢在书桌上，久不使用，慢慢枯萎了。

X刚回到家。他带着妻子从鸟巢里回来了。六个小时的蜜月期看来已经结束，他们带回来了爱情的果实。所有从鸟巢里回来的人，都会带着爱情果实。据说很甜。遗憾的是，我没见过。我也想象不出一个人和一部手机能结出怎样的果实。

X的新娘不在客厅，可能去休息了。所谓休息，就是充电。X坐在沙发上，抽着一根虚构的烟。缥缈虚无的烟，在他眼前缭绕。他是幸福的，脸色带红，甚至发着一层荧光。新婚不久的人自然是幸福的。生活的锉刀还没有落下来，那些圆滑的恩爱还如同水滴一般，随时融合。但往后的日子，能经受打磨的人并不多见。时间会让一切失去耐心，也会让一切暴露原形。x就是例子。但有时也不好说，毕竟X是和一部雨了。城市显得空旷、凄冷。

我知道事情已经无可挽回了。x已经不存在了，代替他的是Selin。一边是我在咸城最好的朋友之一，也是我的"前男友"之一。一边又是我在咸城另一个最好的朋友的妻子，我也曾是他的"前女友"。我不能让X重新撤销对x的组装和刷新，我知道以他的才智，是完全可以的。但我不能这样做，而且X也不会这么做，毕竟那是他的新娘，他是爱她的。但我也不能眼睁睁看着x消失，让这世上只留下他孤零零的妻子，虽然他们感情已经形同虚设，但即便是一种摆设，只要存在，也算是一种安慰。

我不知所措。我听见了撕裂声从我的心坎上响起。如同一块红布，一撕两半。那些断裂的线头，犹如血液，落在地上，顺着雨水，流向了远处。

我得把这个消息告诉x的妻子，她是信任我的，她还在等待。除此，我该怎么办？

楼群移动太快，不用多久，它们便发生错位，我需要重新定位。像我这样的老家伙，重新定位，是一件极为困难的事。我坐在雨中，花了一刻钟时间，才重新找到那栋楼的方位。我接过蟋蟀递来的吉他，吉他上面沾着水淋淋的音符。我接过它的吉他后，它转身，消失在了大雨中。从此，我们的耳朵将会变得麻木不仁，我们的世界将只有噪音。蟋蟀是信任我的，它以为，我还会继续拨响它的吉他。可我不会，我也是这个城市的冷漠过客。

终于找到x家的楼了。晕头转向。我把吉他放在了一枚树叶上。蓝色吉他,是咸城童年的颜色。这或许是咸城最后的蓝色。当我准备上楼时,我听见了身后沉闷的脚步声。

我被捕了。

我被塞进一个铁盒子里,盒子上面有一些网状的孔。咸城的警察变得凶神恶煞,他们越凶,鼻子越长,都快耷拉到下巴上了,据说那是威严的象征。他们朝我挥了挥警官证,又挥了挥逮捕令。厉声说,近一段时间,我们通过X先生的人工智能查询系统,发现你是咸城的"漏网之鱼",经过请示,我们接到神秘指令,对你实施逮捕。理由有三条:第一,你擅自逃离,违背法则。第二,你拥有感情,这在咸城是法律和道德所绝对不允许的,人可以拥有也可以不拥有感情,但作为机器,况且还是一件古董,是坚决不能拥有感情的。第三,你作为一部普通的智能手机,早已不适应超级智能时代,你的存在,是咸城历史的疤痕,也是咸城未来发展的绊脚石,我们的博物馆已经不再需要你,你是危险分子。

我知道我在咸城的寿命不长。

我已不适应这个时代,一切都是超级智能,手机即将由实体变为虚构,它无法看见,无法触摸,但它又确实存在。即便x没有将最终的幻机研发出来,但下一个x还是会完成这项工作,只是时间问题。然而我呢,还是以前陈旧的安卓系统,5英寸的大小,液晶屏幕,屁股上需要插一根尾巴才能充电。这样的手机,早就被淘汰了,也早就应该扫进历史的垃圾堆了。

我之所以能存在这么久,是因为我一直在博物馆,作为一件古董被咸城人参观。大人们带着小孩，指着我，说，你看，这是以前的手机。小孩睁圆眼睛，惊讶地嚷道，好笨好丑的手机啊，好难看啊……我无法容忍这样的现实，每天被参观也就罢了，还要遭受讽刺和嘲笑。直到某一天，我逃离了博物馆，开始在咸城阴暗的角落流浪，像一只老鼠，胆怯，猥琐，怕光。直到听说X结婚的消息，我才壮着胆子，光明正大地走出来了一趟。谁知结局如此。

很早以前，我是x刚参加工作以后，购买的第一部手机。他对我爱不释手，倍加呵护。有一天，我被小偷盗走，转手到了X手中。我也是X拥有的第一部手机，虽然我是二手货，但X对我的爱，并不比x逊色。直到后来，更好的手机出现，我才被X放进了抽屉。但被X亲戚家的小孩拿出来跟收废品的做了交换，他拿着十元钱异常兴奋地去了游乐场。我在废品站待了几天之后，被博物馆一名管理员收购，带到了博物馆。虽然我和他们之间相处时间不多，但我们感情很好。我知道，他们经常念及我，因为我是他们的第一次。我也时常怀念和他们在一起的日子，简单、温暖，有种春天里青草发芽的感觉。

我被送往指定的场所进行销毁。警察为了防止我逃跑，用电焊将我固定在笼子里。

去销毁地的路上，雨依旧没有停止的意思。疯狂的灯光开启，犹如一把大伞，把黑夜的羽毛阻隔在了外面。我再次经过了那个墓园。墓碑睡着了，反而变得坚挺，一副抬头挺胸、正儿八经的样子。灵魂们回来了，围在一起喝酒、抽烟、争吵、打麻将。人是可以有灵魂的，虽然他们已经跟木偶一般。但我不能有，警察们要将我的躯体和灵魂，一起销毁。销毁我的躯体很简单，只要一拳一脚，我立马粉身碎骨，但销毁我的灵魂，尤其一颗有温度有感情的灵魂，需要专门的销毁场所和设备。

墓园的紫色假花又被丢在地上，它是永远送不出去的玫瑰了。

离销毁地越来越近了。我闻到了死亡的气味，跟人类肠胃中翻腾的气味一样。

我闭上眼，等待着死亡的降临，我还想在死后看看上帝是怎么忍心用天使擦屁股的，但一想到我死了没有灵魂，还怎么见到上帝呢。这让我丧气。同样让我丧气的是我无法帮到x的妻子了。

这时，我收到了来自x妻子的信息：我听见了敲门声，我知道是警察，我知道我杀害了咸城伟大的科学家，我是有罪的。我也知道我有超出剂量的感情，你懂得，在咸城，人和人之间感情超量，要么判刑，要么把多余的感情抽掉。可你说，没有感情了，人活着还有何意义……当我给你发完这条消息的时候，我已经从窗口跳了下去，就是那个我把x扔出去的窗户，这样，我就会找到x……我爱他。

当我的惊惧还未恢复过来时，我又收到了一条信息，X发来的：我不得不告诉你一个消息，我的妻子Selin，今天竟然说话了，说的正是以前的事，也就是x的事，喋喋不休，我的组装和刷新没有成功，你说我到底是跟Selin结成了夫妻，还是跟x结成了夫妻？这难道就是我的爱情吗？我该怎么办？

……

我已经被放入了销毁机。

我听见大雨的嚎叫声。大雨不会停歇。它们将从夜晚下到黄昏，抑或下到昨天。

咸城夜逃

当我的两条前肢刚搭到墙头时。

红蝙蝠坐在我的餐桌前,用细长的手指夹起了一块面包片,伸出它火焰般的红舌头,开始舔食。日渐变白的月亮从高楼丛里升起,拍打着屁股上的燥热和灰尘。

咸城早已安静。除了红蝙蝠窸窸窣窣的舔食声和白月亮轻微的拍打声。现在是午夜一点。每一根时间的指针都疲软下来,昏昏欲睡。

我用前肢使劲抠住墙头裸露的土块,后肢一屈,向上一弹,重心前倾,再一用力,整个身体便搭在了墙头上,像一只口袋搭在驴背上。只有肚子能撑住我的重量,且不被硌疼,我有一点时间抬起脑袋来欣赏一番咸城的夜景。

咸城很大。透过墙外稀疏的树梢,目力难以触及城市的边线。高耸的方块状的大楼,密密实实挤在一起,把夜空割裂得支离破碎。那黄色的夜空,像一缕缕破布,在缝隙里飘荡着。大楼由无数个抽屉组成。每户人家一个三十平米的极为狭促的抽屉。每天早晨,所有抽屉被打开,人们乘坐电梯下楼，开始上班工作。晚上十点一过，所有抽屉关闭，人们自动休眠。这一切，都由咸城人工智能指挥中心操控。指挥中心不光操控人们的衣食住行，还操控着人们的性格、爱好、脾气、理想，甚至不着边际的梦境。每栋大楼，都被一颗巨型路灯裹着，如同套着一件棉袄。这灯，闪烁着缤纷的色彩，证明着城市的繁荣。由于长期照射，大楼皮肤上落满了癍癣，加之尾气、高温、噪声刺激，所有的大楼都瘙痒难忍。夜晚，它们被强制休眠。到了白天，它们抓挠着腰身，弄得皮开肉绽，血流不止。

咸城很大，但此刻，咸城很空。街面空无一人，空无一车。坐在墙角装饰城市的花草，白天为了表现自我、营造氛围，总是龇牙咧嘴，搔首弄姿，制造假象。到了晚上，筋疲力尽，浑身瘫在沥青地面，撕开衣衫，就连做梦也在呻吟。

咸城的夜景实在没有多少看头。比起我们鱼儿沟，差了太多。据说，不光咸城，几乎所有的城市都是这般光景，高楼林立，人流翻滚，车流如注，灯火辉煌，欲望蓬勃，一切整齐划一，一切索然无味。这也就不能怪咸城了。人们把城市搞得千篇一律，搞得枯燥乏味，搞得智能化、数字化、虚拟化，咸城它自己又能怎样呢？

我往前一蹭，这样身体便不再平衡，头重屁股轻的一瞬间，我从墙头掉了下去。我落在一块软绵绵的东西上，那东西被撞击之后发出了尖细的叫声。我滚到一边，一把抓起那东西，一看是风，一块风，破棉絮一般，油腻，发黄发黑，粘着浮尘。哎，咸城的风，也不再透明，不再轻盈了。我感慨着。我顺手丢下那团风，它像一个小偷，沿着墙角，跑掉了。

砸中一团风，这不重要。重要的是，此刻，我从一头骡子，竟然摔成了人。有好一阵，我把自己吓坏了。

月亮升起来了。苍白。药片一般，几无光泽。其实，咸城已不需要月亮了。它显得多余。

好在我还需要。我是这个城市唯一需要月光的骡子或者人。我赤着脚，踩在依然滚烫的路面上。踩着灯光和踩着月光的脚，感觉是完全不一样的。月光它清澈、温润、自由、舒适，带着泥土的敦厚和辽阔。而灯光则相反。在咸城，通天的灯光像巨大的舌头，把稀薄的月光舔得一干二净。我只能踩着灯光，如同踩着堆满碎石的河流，深一脚浅一脚醉汉一样朝城外走去。

出了城，月光便是我的了。

我从墙角端起一盆花，顶在头上，那花垂下来，拥有着鱿鱼的肉色触角，正好把我罩住，我必须伪装起来，沿着墙根行走。在咸城，全城安装着天眼，无数只从不疲倦的冷峻的眼睛，全天候监控着城市的风吹草动。另外，咸城还设置了无数个预警系统，没有征得指挥中心批准，任何人不能在夜间十点以后行走，否则，会触发预警系统，警察会将其抓获，指挥中心会从数据库里将这个人的生命减短。标准是每行走一步，生命就减少一分钟。这是最新的法律规定，所有人必须遵守。不过十点以后人们自动休眠了，也没有谁会上街。所以这项法律一直闲置着。

我似乎伪装得很成功。那些呻吟不止的花花草草对一盆行走的花，毫不在意。有时候也得提防它们，鬼知道哪一棵花草会去告密。反正它们已经不像鱼儿沟的花草那么朴实善良了。预警系统对一盆行走的花，似乎没有觉察。反正到了午夜，疲惫不堪的花草走几步，歇歇腿，也是常事。

我经过无数栋高楼。所有的高楼都一片死寂，连鼾声都被取缔了。巨大的寂静，就像人类压根不存在一般。以前不是这样，以前的夜晚，人们喝酒、唱歌、打架、拌嘴、做爱、跳广场舞，彻夜不得消停。现在社会发展，人类进入超级智能时代，一切都由某种看不见的东西在控制。人们的衣食住行、喜怒哀乐仅仅是一串数字，一个符号。

咸城很大，我走了好久，脚底发麻，脚踝酸胀。这些年，我在珍禽馆里待久了，早已变得臃肿，懒惰，无力。

我想我迟早有一天会在这天堂般的地狱里死掉。在我死之前，我得回到鱼儿沟去看看。

鱼儿沟，生我养我的地方。

几年前。我已经难以确定到底是几年前。除了白天黑夜，我分不清时辰，我只知道灯灭了，天亮了，天黑了，灯亮了，如此循环往复，重重叠叠。刚到咸城市珍禽馆时，我还对时间极度敏感，肠胃、睡眠、移动的光线、人流的多寡等，都让我可以基本确定时辰。几时喝水；几时吃草；几时到村里闲逛一圈；几时去找一头母驴谈恋爱，或者跟她说个荤段子；

几时把吼叫声抛在山梁，像撒一锹土一样；甚至几时把几颗新鲜的粪蛋交给一窝洋芋的口袋等等，不用掐表，这些我都心中有数，且分秒不差。可在这里，随着时间的推移，我的感觉渐渐退化，直到变得迟钝、木讷，如同一根朽木。在咸城，时间是多余的，人们只需要白天黑夜，时间也被切成了白天黑夜两大块，如同两块木板。至于天干地支、节气节令、老黄历等旧时的东西，咸城人早已不再需要。所以，事情究竟发生在哪一年，我已难以判断，只能胡乱猜测。

那时候，咸城建成了地球上最先进最全面的珍禽馆。全世界的所有野生珍稀动物，都被运送到了这里，进行豢养、研究、采集基因、繁殖后代、以及供咸城人参观。在这里，黑犀、大熊猫、扬子鳄、丹顶鹤、亚洲大象、红狼、加湾鼠海豚、隐鹦、北方毛鼻袋熊、犁头龟等等，一应俱全，经过基因繁育，数量庞大，已经不再是稀有物种，甚至有些物种开始泛滥。反而由于农业文明的衰败，农村的消亡，那些曾经普通到泛滥的家养动物，诸如马牛羊驴鸡鸭鹅猪狗等成了极为珍稀的物种。

在馆里，马只有七八匹，牛不到十头，驴更少，只有三五头，至于鸡啊鸭啊这些，也不过十来只。而我，骡子，就是珍禽中的珍禽，有且仅有一头，比以前的大熊猫还宝贵一万倍。如果我死了，地球上，将不再有骡子这个物种，这句话可能有点夸张，但至少在拥有两千万人口的咸城，我们骡子将不复存在。所以在珍禽馆，我集万千宠爱于一身。

当然，科学家也可以通过基因繁育，再搞一批牛羊鸡鸭等，科学家也这么试验了无数遍，但每一次繁育出来的家畜，在刚出生时还跟其父母一样，可在成长的过程中，很多东西便发生了变异，无论体型外貌，还是内部基因，已经不再是严格意义上的家畜，甚至变得非常怪异，跟自己的父母完全不像，简直是一个新物种。比如一头驴，刚诞生时，有着驴的样子，长着长着，背上又出来了两条腿，两只眼睛会变红黄两种颜色，尾巴完全退化，休息时不是卧着，而是一屁股坐在地上，跟人一样，还会发出哈哈笑声。在饮食方面，不吃饲料，只吃油炸食品，不喝泉水，只喝某种带有甜味的复合型饮料。完全一个怪物。比如鸡，起初毛茸茸的，有模有样，长着长着，羽毛脱落，全身赤裸，每天要不停跑步，还咕咕喊着口号，最后肌肉发达，一嘟噜一嘟噜，看着瘆人。至于为什么它们会如此，有人说是环境，有人说是气候，有人说是技术，甚至有人说是道德、伦理、性格，说法不一而足，但实验并未取得任何突破，于是被暂时搁置了。

被咸城公安捕获之前，我一直生活在鱼儿沟。

鱼儿沟，没有鱼儿，也没有沟。鱼儿沟是一面东西走向的山坡。山的南面，散落着人家。一间间蓝色的木头房子，在坡上总是跑来跑去。如果累了，倚着一棵树，打个口哨，幽蓝的炊烟像一根梯子一样，便搭在了上苍的窗口，上苍的窗口长着一株葫芦，它们把自己栽进雷电里，便可以发芽，窗台上还放着一只生有十二根指头的大手，每一根的指纹都是人类的迷局。听说村里有人曾攀着炊烟到了上苍的窗口，上苍到东海牧云去了,所以他没敲开窗户。山的北面,长满了成片的葵花。夏天,葵花们集体坐在山坡上,互相梳理着黄色发辫,直到所有的花瓣都被一丝不苟梳成流水的模样时,天就渐渐暗了下来,太阳背着一天捡来的黄金,在山头沉沉走去。葵花们手持青草,静默下来,站成士兵的模样,守望落日,一寸寸把背影收敛。到了晚上,月光是透亮的金黄的槐花蜜,黏黏地流到北坡山,葵花一边用手指刮着月光蜜送进嘴巴,一边取出漆黑瓜子,在膝盖上打磨,它们要把每一颗瓜子打磨雕琢成工艺品的样子。

鱼儿沟不大,只有十几户人家,就像十几枝野花。具体的户数,是没有人能记得清的。鱼儿沟的人,在鸡打鸣的时候,抱着锄头下地。在蟋蟀敲鼓时,躺在叶片上睡觉。其余时间,他们轮流到别家吃饭说话,唱一种叫秦腔的曲子,直到手里的板胡喉咙呜咽,他们才擦拭彼此的眼泪,停下来,怀念先祖的遗风。月亮升起来以后,他们去北坡,在地埂上坐成一排,看葵花们举着硕大的脑袋,背着手,在田野里来回踱步。他们随手扯一把虫鸣,开始编织第二天戴的草帽。他们的蓝色房子,在身后跑来跑去,打打闹闹,把一屋子家具摇得叮当作响。蟋蟀提起锤子,在大地上落下鼓点时,人们开始回家了。人们随便钻进一间屋子,蓝色的屋子,长着毛茸茸的光,人们打开窗户,彼此打着招呼,然后,静悄悄睡着了,把大地留给了昆虫。

而那些牛啊羊啊驴啊骡子啊,它们在坡地的树林里,把自己喂饱以后,开始寻找一条并不存在的鱼。它们比人们渴望见到一条鱼，它们总是梦见河流和大海，正在每一寸血液里溅起水花。它们要见到鱼的期待之心，早已有之，当泥土被犁铧翻开，麦子把胞衣脱掉，瓷碗伸着舌头舔起黑嘴唇，它们都在渴望着，泥土里跑出一条鱼，或者胞衣里蹦出一条鱼，或者碗底里弹出一条鱼，然后和它们一起吃草、撒欢、耕种，在鱼儿沟盖满四肢的印章。

可一直没有这样一条鱼出现。

后来，鱼儿沟还是鱼儿沟，一条公路从山地穿过树林，蜿蜒而上，划过南坡，划过北坡，去了不知道的远方，鱼儿沟像一条被划了一道伤口的鱼，抽搐了好久，也疼痛了好久。田野的花草试图缝合这道伤口，春天过去了，夏天过去了，它们无能为力。秋天的时候，它们筋疲力尽，浑身枯焦，到了冬天，它们彻底放弃了。公路上，有时跑来一辆车，轰隆隆的，一副流氓模样，载着铁皮箱子，扬长而去，牛啊羊啊驴啊骡子啊以为那是一条鱼，跟踪了十里路，最后看着这庞然大物的肚子里跳下来一个人，掀起它的嘴皮，露出了糟糕的油污的牙齿，还散发着一种恶臭。它们扫兴而归。它们听说温柔的鱼是没有牙齿的，即便有，也如它们一样，洁白如瓷，颗粒饱满，有着青草或者河流的气味。

接着，村里架起了铁塔，铁塔周围很大一块地方被围了起来，不能靠近。人们在夜色里把脑袋伸出窗口，看到银白的塔尖把月亮钉在了天空，整夜，他们的梦里都别着一根针，日渐袭来的刺痛让他们忘了唱秦腔，忘了去看葵花，忘了怀念先祖，忘了在午夜睡去。他们夜夜喊疼。他们被同时挂在天空的日月搞昏了头脑。有一天，夜色被飞鸟搬走后，他们试图拆掉铁塔，但另一群陌生人赶来，伸着獠牙严重警告了他们。他们是一群胆小的人，在威逼之下，放弃了让铁塔倒下的想法，唯一能做的是在午夜攀上塔尖，给月亮涂药粉，顺便第一次看到了鱼儿沟以外的地方。鱼儿沟以外的地方，山峦渐渐低矮，草木渐渐稀疏，最后荡然无存，只有开阔的水泥夯筑的地面上，高耸着无数建筑物，顶着炫目的灯光，大口地喘息着。人们坐在塔尖，顺便给梦里刺破的部分涂抹一点药粉。人们带着七分好奇，也带着三分慌乱，说，原来那里就是远方。

很多个夜晚，人们争先恐后攀上塔尖，看着远方。啊，远方，挺迷人的远方，挺神秘的远方。渐渐地，人们忘了给月亮涂药，人们的梦也开始发炎红肿。

数年以后，鱼儿沟陆续有了摩托，比那匹青马能跑。有了彩电，比塔尖上看到的远方更远。有了洗衣机，有了电话，有了电磁炉，有了路灯……有了很多。有人开始去远方。他把蓝色房子捆绑起来，架在树杈上，然后卷起旧梦，塞进袋子，挂在树梢上。把土地撂给田野，任由野鸡和野猪安家落户去吧。然后踩着秋日落叶的脚掌，下了坡，过了林，出了村，再也不见了。至于他的那头家畜，他没有顾得上处理，忘掉了。

听说有人在那个叫远方的地方，把鱼钩深深抛过来，抛到鱼儿沟，开始钓鱼。他没有钓到鱼，而是把鱼儿沟的年轻人一个个钓走了。他们含着鱼钩，抛下家舍，沿着那条不知所终的路，逃走了。逃走以后，再也没有回来。至于他们在远方干什么，没有人说清楚。反正据说他们把日子过成了另外一番模样。

最后，鱼儿沟只留下了寥寥可数的老人，他们坐在地埂上，把记忆中的葵花从大脑里端出来，帮它们梳理花辫子。梳着梳着，那辫子由金黄变成了焦黑，风扫过，扬成了灰。此刻，田野荒芜，野草茁壮，用绿袍子把万物揽进怀里。最后，老人们回家带来了铲子，开始在向阳的地方挖坑。有一天，他们快要死了时，在没有人抬棺的情况下，他们要把自己先埋进去。埋进去以后，他们也会由金黄变成焦黑，最终被风吹成九月的灰。

田野里，最终，只遗留下了一些牲畜。

我被关进铁笼，装进车，沿着那条划过鱼儿沟腹部的山路，晃荡了很久，终于到了所谓的远方——咸城，也就是人们曾经在塔尖看到的地方。在路上时，我的眼睛被一块黑布蒙着，他们似乎一开始就害怕我回到鱼儿沟，只能用漆黑迷惑我，可他们不知道，一只家畜，在一个地方走过以后，这个地方会留下他的气息，像蜗牛的黏液，一直留下去，直到这个家畜从世间消失了，这气息才会慢慢弥散。我站在铁笼里，被巨大的漆黑笼罩着，只有耳旁的风声、草木声、蓝色破旧房子的声音，伸出无数只手，牢牢把我抓住，怕我一去不返。可它们的力气，在一辆轰鸣的车子跟前，显得微不足道。我听见它们的喘息声，渐渐离我远去。它们筋疲力尽，看着我像落日一般，把黑夜撒向了它们眼底。

进了咸城，我被送进全城最先进的医院，接受完体检，注射完疫苗后，运到了城中心。

我像一个傻子，被强行安排到了一个偌大的类似院子的空间。空间里，只有后面是用泥土砌成的，说是为了缓解我的思乡之情，其余的墙壁，全是透明玻璃。头顶同样罩着一块巨型玻璃。空间被分成三个部分。一个饮食休息区，一个观赏区，一个活动区。饮食区有七八个平米，摆着一张塑料餐桌，一张人造革沙发。被观赏区安装着各种灯光，灯光亮起后，我的身上会被照成各种颜色。同时，还装有一个扫描设备，将我扫描之后，外面观赏我的人就可以在玻璃上看到360度的我，以及我的内部构造，一览无余，甚至可以伸缩查看各种细节和数据。最后一个部分，是活动区，场地稍微大些。透明屋顶和土墙之前留有一米的空间，供空气流通。

当我被束住四肢，取掉蒙眼黑布，放到电子移动平台上，送入珍禽馆时，我见到了好多熟悉的动物，也见到了我一辈子都没有见到过的动物。它们或坐或站在各自的玻璃空间，发着呆，耷拉着舌头，流着紫色的唾沫，对我的到来熟视无睹。它们在馆里待久了，或许不认识我了。只有那几头毛驴，看着面熟，似乎是从鱼儿沟来的。它们朝我摆了摆尾巴，后肢立地，背靠玻璃，前肢交叉在胸前，看着茶色天空，一副生无可恋的样子。没有来多久，它们身上的毛几近脱光了，露着黝黑粗糙的皮肤，像极了一个赤条条的人靠在玻璃上，思考着自己长满虫洞的后半生。

我被送到了最里面的玻璃空间。到了门口，玻璃自动打开，移动平台进入室内，把我抓起，直接送到了活动区。活动区，铺着人造草坪，摆着几盆塑料假花和木本植物，还摆放着一些不知该如何操作的健身器材。自动门关闭以后，玻璃墙上显示了一行字：室内各项数据正常。骡子，来自鱼儿沟。数量：一头。年龄：十岁。保护级别：特级。红色的字，不停闪烁着，在玻璃墙上反复折射，让我眩晕，甚至有些瞌睡。

我忍不住疲惫，瘫到人造草坪上，打起了盹。

从此，我的命运发生了翻转，我从一头耕种、驮运、吃草、闲逛的自由的野性的骡子，变成了一只被观赏被研究的标本。我不再是我。

就在二十四小时之前，我还在鱼儿沟的树林里给一群黄鹂吹牛，我说我唱歌的时候屁股上会长出翅膀，像扇子一样，给我扇凉。我说我上树的时候，我的四肢会像爬山虎一样长出触角，轻而易举就爬到了树梢尖。那时候，年轻人逃走，老年人死掉，剩余的寥寥可数的几个人被搬迁到几十公里以外的山区。前来组织搬迁的人，说鱼儿沟偏僻、落后、贫穷，交通、教育、卫生、用水都存在困难，甚至不适宜人类居住，要尽快实施搬迁。他们搬走了，除了自己，什么东西也没有带走，因为生活用品已全部备好。而我们这些牲畜，或许被他们遗忘得一干二净了。他们住进了楼房，带着我们肯定是负担。

我们扯来一把野棉花，擦拭着蓝房子落寞的表情，安慰着它们。我想，我们将要被人类遗忘了，我们将像一块犁铧一样，在草丛里生满锈迹，最后一点点腐蚀掉。

可这样的惆怅没有坚持多久，另一群穿着制服的人来了。

在珍禽馆，每天早上六点，我都会自动醒来。在医院体检时，披着羊皮的兽医切开我丰硕的臀部，往里面放置了一枚树叶大小的芯片，然后对切口进行缝合，涂抹了一层类似棒棒油一样的东西，切口立马长在一起，完好如初。这枚芯片犹如生物钟一样，严格设置了我的作息时间。比如六点，它会通过某种电磁刺激我的脑神经，让我迅速醒来。到中午十二点，它又会刺激我的神经，让我产生饥饿感。到七点钟，又让我产生饥饿感。用餐完毕，再刺激我的神经，让我产生运动的欲望。八点，就该睡觉了，我立马便会睡意迷蒙。凌晨十二点以后，我会自动醒过来，这次没有受到任何刺激。我不知道是芯片设置时出现差错，本应是十个小时的休眠时间弄成了四个小时，还是他们专门如此设置，以让我半夜醒来一边赏月，一边怀念一头骡子的前半生。

早上醒来以后，一个八根手指的人会推进来一辆塑料推车，到我跟前后，取出一根水管，往我脸上喷水，给我洗脸。温腾腾的水，散发着某种怪异的腥味，一点不像鱼儿沟的山泉水。水喷在脸上以后，我浑身一个激灵，每一个尚且迷糊的部位立马精神起来。我想长嘶一声，翘起尾巴，撒开蹄子，狂奔一番。每天早晨，在鱼儿沟，我都会沿着葵花盛开的地埂，呼吸着清凉的空气，在晨曦的十里光芒中，尽情奔跑。

可在这里，当我刚昂起脖子准备嘶鸣时，八指拿着遥控器，对着我摁了一下按钮，我的四肢瞬间发软发麻。这种又软又麻的感觉，像一万只蚂蚁在骨头上一边爬着，一边啃噬。

刚到珍禽馆时，我还挣扎过，踢咬，撞击，试图逃离，但有人隔着玻璃墙摁一下遥控器，我立马四肢软麻起来，寸步难行，痛苦不堪。我强忍着，向玻璃墙撞去，但墙面坚硬，丝毫未损，只有我的鼻孔撞出了一个大包。他们持续摁着按钮，我难以坚持，倒了下去，他们冲进来，给我注射了某种黑色液体以后，我立马昏睡了过去。昏睡之前，他们似乎说要消除我的野性，要保障我的安全，要我成为一头真正的骡子。他们已经通过芯片控制了我。如此挣扎几次，被折磨几次之后，我怕了，一开始的那股反抗劲慢慢消失了。我开始逆来顺受，任人指拨，如同机械一般。我彻底变成了一头人类认为的真正的骡子。

我打消了晨跑的念头，我怕这种要命的软麻的感觉，况且这巴掌大的地方，我还没撒开蹄子，怕已经把自己撞晕过去了。我乖乖地伸过脸，让八指冲洗。冲洗结束以后，他继续冲洗我的浑身上下，洗毕，用毛巾擦干，喷一遍消毒液。随后开始刷牙。八指掰起我的嘴皮，拿一个塑料牙套，粗鲁地塞进去，顶住嘴皮，把一种黄色泡沫状液体挤到我牙板上，开始用类似电动牙刷的东西搓来搓去，直搓得黄色泡沫乱溅，一些沫子顺着口腔流到了肚子。哎呀！他妈的，我活了这么年，还从来没尝过这么恶心的味道。鱼儿沟的人们说曼陀罗的茎叶苦涩，难以下咽。这刷牙用的玩意简直比曼陀罗恶心一万倍。我忍无可忍，把肚子里残存的一点草渣全部呕吐了出来。后来，我实在不知道呕吐什么了，就把胃也吐了出来，八指见状不妙，立马喊来那个披着羊皮的兽医，把我的胃硬塞了回去。从这以后，八指每次刷牙之前，都会给我喂一颗药片，我的肠胃开始麻木，味觉失灵。于是他怎么刷，怎么恶心我，我都毫无反应。

洗刷完毕，便开始进入饮食区。鱼儿沟的饮食区是一个并不宽展的牲口圈，里面盘着一个土槽，槽里夏秋时节是从山野割回来的青草，冬春时节是用麦麸和泉水搅拌均匀的干草。这里的饮食区是一个单独空间，一张巨大的玻璃案板上摆着三个金属池子，一个装着绿色液体，竟然还插一根吸管，一个盛着绿色块状物，摆着一副刀叉，另一个装着西瓜、香蕉之类的东西。案板一角，安装着一块显示屏，屏幕显示这食物营养数据，并随时记录我的进食情况。玻璃案板前，摆放着一把巨大的椅子，椅子面板上有两个洞。

八指用他第九根没有长出的手指茬指着玻璃案板说，这是专门给你设计的，聘请了咸城最先进的团队，从科技、智能、营养、实用、舒适度等好多方面反复试验，最后成型，也算是量身定制了，你可别又踢又咬瞎折腾了，要不然又摁遥控。

哎，整个馆里，你的这一套设备最昂贵、最先进，谁叫你现在是特级保护物种呢。

一开始你可能不习惯，慢慢就好了。你们也要和人类一样，坐着就餐，这是一种文明的象征，要饭后擦嘴，便后洗手，你没有手，洗蹄子也是必要的，不过慢慢地，你的蹄子就长成手了，这也是文明的象征，完全符合进化论的观点。

八指絮絮叨叨说了半天，感觉真的很有知识的样子。他现在是我的日常专属护理员。一个月以后，我才听说他是咸城唯一研究骡子的专业人员，还是博士后，在美国留过学，博士论文曾获过国外大奖，可唯一遗憾的是他一个研究骡子的人，在见到我之前，还从没有见过一头真骡子。归国以后，他在另一个城市工作了几年，那里实在没有骡子标本供其研究，他就开辟新专业，研究虱子在人类文明化过程中的兴衰史，取得了可喜的成果。后来，我被咸城别动队捕获，他得知消息便立马申请调到了这里。

前三天，看着玻璃案板上奇奇怪怪的东西，我实在是难以下咽。作为一头骡子、一头牲畜，我也有我的尊严，我是吃草的，吃山坡上的青草的，最不行也是吃干草的。你们破池子里的那玩意，即便搞成绿色，也糊弄不了我，青草是一根一根的，是自然的绿色，有着泥土流水的清香。而你们的这玩意，一块一块，跟牛屎一样，还散发着刺鼻的塑料味。你们能吃下去，你们吃。我拒绝。

三天没有进食，我明显感到体虚，站起来四肢有点打颤。我怀念我的鱼儿沟。怀念那满坡的青草，在盛夏的南风里，扭动着腰身，把阳光和露水采进自己的衣兜。怀念那密密的森林，从鲜花织成的包袱里掏出枝叶和新芽，递到了我嘴边。怀念那南坡的蓝房子，总是带着叮叮当当的响声，奔跑过春天的门槛，又奔跑过夏天的门槛，等到它们跑过了四季的门槛，便会怀抱大雪，做一个长长的梦。怀念北坡那似乎永远盛开的葵花，以及在葵花地里游荡的人们，他们在月光下，把双腿并成尾巴，用双手做鳍，在每一朵花盘上游走，他们唱歌，举起喇叭花，斟满月光举杯，把所有的日子过成了清贫而喜乐的节日。

我怀念鱼儿沟。我像一个得了相思病的骡子，在每一个午夜过后，用嘶鸣表达着我的忧伤。可又能如何？

几天以后，我也忘了几天。他们可能怕我饿死，便带来了青草和混有泥沙味的水。我饱餐一顿。但这样的美味并没有持续多久，他们开始减少青草量，往里面掺入一些块状的绿色食物，我也搞不懂是啥玩意，感觉跟猪饲料一样。八指说青草营养数据不达标，对你身心健康极为不利，对此，我们专业团队耗费大量人力、物力、财力，给你研发出了特制的高营养食品。时间久了，他们循序渐进的办法似乎慢慢奏效。我也开始能吃下那种块状物，恶心程度逐渐降低。关键是相比驴马，我食量很大，不吃这些玩意，我饿呀。慢慢地，也开始适应使用吸管饮水了。以前一嘴塞进池子，池子太浅，吸不到水不说，还老磕我的牙，没办法我只能像狗一样舔。这也不是长久之计，最后在八指的辅导下，我把吸管叼进嘴里，嘴皮夹住，一点点吸，虽然这让我很憋屈，但这样不磕牙，能喝到水了。也就这样吧，不这样还能咋样。

同样，我也渐渐学会像个人一样，坐在椅子上用餐了。前肢搭在桌面，后肢垂在地上。把屁股放在椅子中间，尾巴对准一个洞，塞进去，这样就不硌肉了，另一个洞是排泄的。

排泄物会被八指趁着新鲜收集起来带到实验室进行研究。听说他最近写了一篇论文是关于骡子粪便对人类想象力重塑的启示作用和价值评估,还发表在了核心期刊上,引起了业界广泛关注。我坐在餐桌前,一副道貌岸然的样子,眼前的显示屏上,显示着各种密密麻麻的符号,据说是各种营养指标,甚至包括我的情绪指数。以前鱼儿沟的人吃饭,都没有餐桌的,他们要么蹲在地上,要么盘腿坐在炕上。我可能是鱼儿沟第一个上餐桌用餐的生物了吧。我想笑,我露出开始发黄的大牙板,咧着松兮兮的嘴,嘿嘿了几声,我的笑声干涩、枯燥,竟然有点像人发出的,不可思议啊。我想用不了多久,八指要么会把我的蹄子凿开,凿出一把手,用来拿刀叉筷子,或者直接安一只电子手臂。很有可能。

除了吃饭时间,还有运动时间。活动区装着几副怪异的健身器材。他们让一头牲口健身,真是荒诞。除了卧下,我懒得动。我强壮的体魄,矫健的四肢,碗大的蹄子,飘逸的长尾,张扬的鬃毛,天生是用来在辽阔的乡土大地上奔跑的,是为了给主人驮麦耕地骑行拉车子的。你们把我搞到这破地方,跟个鸡窝一样,我哪有心思在那些银色的铁杆子上动弹。要不是八指操作遥控器折磨我,我打死也不会站起来。

吃饭,运动,睡觉,我像个机器。这只是一天里无关紧要的事。我的作用最大一部分是被参观。上午八点到十一点,下午三点到六点。一天六个小时,跟上班一样。一到时间点,八指会把我牵到观赏区。

观赏区四方四正，有一个360度旋转平台。进去之后，我像一件物品，被安放到平台上。八指在一块大屏上操作一番，最后一摁遥控器，我便呆若木鸡，像一件死标本一样站在上面，匀速转着圈，供人们参观。除了眨眨眼睛，摇摇尾巴，我再不能动弹。一天站六个小时，也不觉得酸软疲乏。据八指说，这是为了保护我。如果在观赏区我长期活动会对身体不好，万一受到惊吓出了事故，责任更是重大，同时这样旋转也可以让市民获得全方位的观赏体验。

咸城的市民都没有见过骡子。自从珍禽馆有骡子的消息传出之后，整个城市沸腾了。政府本欲偷偷将我养着，进行保护研究，不对外开放。不知谁走漏消息，让全城人知道了我的存在。大家对政府隐瞒了一头稀世珍禽的存在表示极大愤怒，纷纷上街抗议。迫于压力，政府才向市民开放参观。人们争先恐后赶到珍禽馆，要一睹我的尊容，可人太多，差点挤爆了珍禽馆，还出现了严重的踩踏事故。为了安全，咸城市长要求采取网上预约方式，每天参观人数一百人，上下午各五十人。预约不上的人，进行网络排队，据说已经排到五百年以后了。一张黄牛号能卖到五十万元，而且一号难求。有人因为没有抢到号自杀身亡，有人因排队太远绝望而死，有人沉迷开发抢号软件累死于电脑前，有人因太想参观我而害了臆想症……外面的世界因我而混乱不堪，广大市民怨声载道，但又无能为力，因为这是市长的命令，无人能反抗。市长是咸城最大的财阀盐粒集团继承人。虽然这位继承人自幼大脑迟钝，好似古时蜀国刘禅，但在超级巨额资金支持下，他还是顺利当选市长。面对市民怨言，市长要求科学家发明了一种药物，饮后可暂时忘记骡子一事，但需求量太大，难以满足，只能分轻重缓急来免费发放了。

观赏的市民进来以后，可以隔着玻璃墙看我，如果想了解相关资料，手指触摸墙面，会有一些信息显示出来。八指站在我身旁，会进行辅助介绍，这也是应广大市民要求的。因为很多人反映分不清骡子和驴、马之间的关系，必须要八指博士进行讲解。

八指会给大家机械般地进行介绍：骡子分为马骡和驴骡。由公马和母驴生的叫驴骡，由公驴和母马生的叫马骡。马骡力大无比，是马和驴远不能及的。而驴骡善于奔跑。你们从前面馆里看到的，是马和驴，它们数量较多，而骡子有且只有这一头，是极品，是珍宝。你们可以进行比较，会发现三者之间有很大区别……八指一摁遥控器，玻璃墙面出现了我和马、驴三者之间的对比图。人们交头接耳，异常兴奋，恨不得钻进玻璃，把我抱走。我是不允许拍照的，一是光线对我有刺激，二是怕图片流落出去，被不法分子和其他城市伪造。人们把眼睛紧紧贴在玻璃上，带着一颗颤抖的激动的心，想好好看看我，因为一个人一辈子看我的机会只有一次，这一次，是第一次，也是最后一次。

有个小女孩问：博士叔叔，骡子是死的吗？

八指挤出一团笑，回答：它是活的呀，你看眼睛和尾巴，会动。

那怎么不让它吃草，不让它走动呀？书上说骡子会奔跑，爱吃青草的。

八指干咳一声，答：它已经吃过青草了，也已经跑了好几圈了，现在累了，有点瞌睡，就站在这里休息了。

那为什么不让其他的马和驴进行交配再生几个骡子呢？有一个秃脑门把脸贴在玻璃上，因过分挤压，大脸严重变形，成了一张油饼。

也试验过，但自从马和驴进入到珍禽馆以后，它们便失去了繁殖能力，人工授精后，培育出来的是一头怪物，为了生物安全，政府只好停止实验。

那骡子自己可以生吗？

我们有且只有一头骡子，还是公的，没有母骡子，怎么生呢？况且骡子自己是没有生育能力的。

那又是为什么？秃脑门继续问，眼珠子嘟噜噜打转。

因为在生物的遗传学上，所有生物体内的染色体都是成双成对的，每条染色体都有对应的一条染色体和它的形态，功能和大小都是相同的。它们分别来自母体和父体，同种生物的同源染色体才能生育出共同的后代，虽然骡子也分雌雄，但是驴和马体内的染色体数量是不同的，驴有31对染色体而马有32对，它们生育出的骡子体内就会多出一条染色体，虽然骡子也分雌雄，但是它们之间是无法生育后代的。据记载，1916年德国的《畜牧科技年鉴》中德尚布尔报道过一起母骡子生下5匹小骡子的新闻，在1898年的印度也曾有母骡子产子的新闻，但是这些都是极其少数的个例。这些骡子不能像驴和马一样生育后代，但是它们的寿命比较长，在良好的环境下可以生活50年，比如现在。如果在农村用来干活最多活20年，因为农村生存环境太差，又过度劳累，不利于骡子身心健康……八指不厌其烦地讲解着，似乎很专业的样子，不愧是博士。我知道我们骡子不能生育，但为什么？我们鱼儿沟所有人、所有牲畜，甚至风雨花草，都不知道原因。

博士叔叔，那如果骡子死了，以后我们就再也看不到骡子了，是不是？小女孩问。

是这样的，生命总是有尽头的，到了尽头，便不复存在，即便它是极为珍贵的，也不能例外，好在我们咸城的科学现在极度发达，我们会尽可能延长骡子的生命，通过科学的饮食，必要的药物，合理的锻炼，它的寿命会延长到一百年，我们正在朝这个方向努力，而且也取得了一定的成果。

那博士叔叔，我还有一个问题，我们现在要看骡子的人听说排到了五百年后，骡子只能活一百年，那排到一百年以后的人就看不到了，而现在的人最多也就活个一百岁，这样的话，有很多很多人，一辈子都看不到骡子了是不是？

八指捏着遥控器，面色瞬间苍白，他的黄鼻子都变成了黑鼻子。他愣在那里，不知该如何作答。

一百年，他妈的，这样的生活，我一天都受够了，我真想一口咬掉你那恶心的鼻子，跟发霉的胡萝卜一样，让我作呕。求求你别延长我的寿命了，在鱼儿沟，二三十年足够了，活得再久就成为一种痛苦。而在这里，只要让我看一眼我的鱼儿沟，我现在死都可以。我心里默想着。

八指的鼻子掉在了地上，他忘了捡起来安装上去。他不知道该怎么回答小女孩，他自言自语：万一科学发展到了让骡子能活五百年呢，可……人活不了五百岁啊……他沉默了。他没有告诉小女孩，能看到骡子的人，都是官员和商人，以及他们的亲属。官员利用自己的权力，商人利用自己的金钱，他们用不同的方式但有相同的结果，在最早的时间参观了我。庞大的城市，庞大的人口，除过官员和商人，以及他们的亲属，以及和他们利益相关的人，给普通市民留下参观的时间屈指可数。而所谓的网上预约，不过是个骗局而已。鬼知道政府在后台是如何操纵的。这里面都是交易和黑幕。只是人们不知道，而我又是怎么知道的？我也不知道。

小女孩临走时，牵着妈妈的手说：妈妈，回去了，我会画一幅骡子，让其他小朋友也看看。我知道她是某个官员的孩子，她那么聪明，那么可爱。这真是一件让我伤心的事。

她朝我挥了挥手，说拜拜，我会梦见你的，那样我就可以很多次见到你了。

这便是我在珍禽馆的日常。机械、乏味、无聊，没有自由，没有绿色，没有未来。除了那个讨厌的八指、冰冷的玻璃墙，和来来往往参观的人，再没有什么。这让我绝望。

我在这里活了几年，我也忘了。

在鱼儿沟，时间是能看见的。春天了，时间的手指把冰块敲碎，抱到每一户蓝房子门口，人们会把冰块藏起来，等到夏天拿出来消暑。花儿们也一样，它们从时间那里扯来新布料，赶到布谷鸟叫之前，为自己缝一件崭新的衬衫。夏天的时候，时间会把我们牵到麦田，把成捆的麦子搭到背上，让我们驮到村子。夜晚，时间还会割一把月光，放进我们的槽头，作为一天的犒劳。到了秋天，时间乘着落叶，便去游玩了，我们会去水草丰茂的地方，在那里长膘，准备即将而来的冬天。冬天了，白雪茫茫，我们站在圈里，吃着干麦草，看时间和主人坐在墙角，把粗笨的手搭在柴火上，烤着，他们眼前的罐罐茶，冒着热气。圈外的雪，压折了一根树枝。

自从来到这里，就再也见不到时间了。至于四季、节气、冷暖、日月风霜，仅仅残存在我的梦里。这里只有白天和黑夜，只有吃饭、睡觉和被参观。我和所有咸城人一样，过着所谓规律其实死气沉沉的日子。我们不过是智能化背景下的一颗螺丝而已，被强行安装在那里，再也不能挪动丝毫，只能在不断的消磨里慢慢灰飞烟灭。

直到有一天深夜，情况突然发生了变化。

我在午夜十二点准时醒来。透过玻璃屋顶，天空没有星辰，只有浑浊的灯光，瀑布一般倾泻下来，要把万物淹死。睡又不成，卧又不安。我来到活动区溜达，把蹄子搭在健身器材上，铁质的器材，异常冰冷。来了这么久，我还是不会使用这些玩意。他们真的把我当成人了，让我健身，让我坐着，甚至让我吃奶油蛋糕和面包，喝大象奶和狗屎咖啡，还给我过生日。真是荒诞。我凑到土墙跟前，这唯一残留的一点乡土痕迹，让我觉得亲切。我把嘴凑上去，我想亲吻这咸城唯一的泥土，我知道，我死了，也会变成泥土。当我把嘴贴到土墙上时，我竟然闻到了淡淡的咸味，是泥土中混含的盐分的味道。对，就是这熟悉的久违的味道，鱼儿沟的人把这叫盐土。我伸出舌头，舔了一下，把盐土咽进肚子。是这个味道，是大地的味道，是往事的味道，是鱼儿沟的味道，是梦里反复涌起的味道。

还记得在鱼儿沟时，吃完草，我们总是寻找一块带有咸味的地埂，舔舐好久。我们喜欢极了这种味道，它难以名状，又欲罢不能。一块地埂，很快会被我们舔出一个大窟窿。相比起来，牛最爱舔了，它们因为争抢，经常干架。不过人们不太喜欢我们这样长久舔下去，听说舔得太多，肚子会胀，有时还有生命危险。可我们真的难以拒绝这种味道，直到我们舔了半肚子盐土，嘴角和牙板上沾满黏糊糊的泥土，涎水混合着泥浆挂在膝盖上，我们都舍不得停嘴。

我把舌头伸向墙面，贪婪地舔了起来。这样尽情地舔了一会，我还是忍住了。一来我怕一不小心全部舔进肚子，后面想舔，没有了。二来我担心舔得太猛，把墙掏空，倒下来，把我砸伤。我用舌尖把嘴角的盐土渣抿进嘴里，咂了两下，意犹未尽啊。舔完之后，我浑身舒坦，每一根筋脉、每一块肌肉好像苏醒了，在我身体上跳动，那些日渐冰冷的血液此刻也冒起了热气。我全身充斥着力量，像一口装满蒸气的锅，随时会掀翻锅盖。我在地上弹跳了几下，效果还不错，四个蹄子像安装了弹簧一样。我再一跳，一使劲。哈，我一下跳到了两米高，再跳，竟然快三米了，再不敢往高跳了，我怕一头把屋顶搞翻。在鱼儿沟时，我听老人们说，村里的老鼠，吃了盐以后，长出了翅膀，变成蝙蝠，都会飞了。不过后来村里没什么人了，盐也就没有了，蝙蝠们就去了咸城。我想，我吃了盐土，虽然是土，可也有盐，我是不是也会飞了啊。正当我怀着激动之情沉迷在飞翔的错觉里，急速下落时，突然架在了墙脊上。这真是很尴尬。在墙脊上，借着重力，我才掉了下来。

可掉下来，摔到地上以后，问题出现了。我从一头骡子变成了人。

我的头，变成了人头。四肢变成了胳膊和腿，甚至还有指头指甲盖。我的尾巴不见了。我竟然穿着一件和我的栗红毛色一样的外套。我被自己莫名其妙的变化吓傻了，简直不知所措。我爬在地上，看看四周，一切安然无恙，只是那些健身器材吓得缩成了一堆，它们的身上流着冷汗。

我怎么会从一头骡子变成一个人呢？是因为我吃了盐土，还是因为我摔倒在了地上，或者其他别的什么原因？我不知道啊。我见过鱼儿沟的花花草草会说会笑，白云鸟儿会哭会闹，我听说咸城的科技能控制几千万人的梦境，咸城的医学能把一个人的记忆移植给另一个人。可我从没有见过听过一头骡子从空中掉下来会变成一个人。这真的很魔幻哎。

我从地上起来，是用两条腿站立住。我挥了挥手，扭了扭脖子，真的很灵活，很自由哎，这比当一头骡子舒坦多了。在天国里人们花光一生积蓄，贿赂上帝，争着都要投人胎，不投畜生，就凭能用两条腿站立这一点，都值了。

我牵拉着手，来回走了两圈，那些铁玩意吓得直哆嗦，我拍打了一下其中一件，它们发出了惊叫声。我说，赶紧站直了,像我这样,胆小鬼。所有健身器材哗啦一下都站了起来,站成了各自的模样,表情严肃,骨头打颤。我又警告它们不要乱说,要是告密的话,我会拧掉它们的螺丝,将它们大卸八块。它们哆哆嗦嗦,连连点头。

这样折腾了一番,我有点乏,我沿着墙根坐下,隐约听见咸城的闹铃响了。如同警报一般,在每个人的耳朵里拉响,人们受到刺激,会立马清醒过来。天快要亮了。我有点担心,当我成为一个人站在珍禽馆时,会不会吓坏八指和前来参观的人,会不会给咸城造成极大的恐慌和灾难,会不会被当做怪物送进看守所。我还是先成为一头骡子的好,免得生了事端。我不知怎么变回去,只好爬在墙根,舔盐土。舔得太多,一缕土呛进了我的鼻孔,我打了个喷嚏。打喷嚏的声音沉闷而有力,搅得空气乱窜。我发现,我已经是一头骡子了。

我也不知道走了多久,总算走出了咸城。

当我可以变成人以后,我就冒出了逃离咸城逃离樊笼的想法。可细细再一盘算,天下这么大,我又能逃到哪里。即便逃出了咸城的控制,鬼知道又会落入哪个城市的魔爪。到处都是五行山,有那筋斗云,也无济于事。这或许就是我的命。逃亡,还是算了吧。我还是去看看我的鱼儿沟就行了。就看一眼,我日思夜想的鱼儿沟,那盛开着我的童年、我的乡亲、我的梦想、我的自由、我的悲喜的鱼儿沟,那清风、明月、葵花和蓝房子,那田野里起伏的波涛汹涌的一万顷乡愁。让我看一眼,我就心满意足了。然后回来,彻底做一头咸城的"骡子"。

一出咸城，丢掉那盆伪装的破花，我自由了。

我奔跑起来，跑着跑着，跑成了猎猎作响的风的模样，贴着青草们的耳朵，一路向西。我要快些，赶到咸城的闹铃响起之前，回到珍禽馆。我向鱼儿沟的方向呼啸而去。月光如银，一泻千里。月光潮湿，滴在我的额头上，清凉如水。月光如泪，挂在夜空的腮帮上，伤心伤神。这才是真正的月亮。咸城的那个月亮，不过是个摆设而已，不用多久，政府就会把无利可图的它屏蔽掉。

我跑了好久好久，感觉应该到了鱼儿沟。借着月光，大山朦胧的轮廓是我熟悉的，草木熟睡的身影是我熟悉的，高高耸立的铁塔是我熟悉的。可为什么那些蓝房子不见了，葵花不见了，传说中的鱼不见了，地埂上行走的人不见了，甚至连那些坟包都不见了。这明明是鱼儿沟啊。即便不用睁开眼睛，闻着这夜色里浮游的艾蒿味道，我就知道，这里是鱼儿沟了，因为这味道，已经永远刻进我骨头了，如同铭文，如同咒语。

我沿着山坡行走，除了大山、森林、铁塔，再没有任何我熟悉的东西。南坡，盖满了高高低低的别墅，水泥、砖头、钢筋，牢固地扎进土层，寸步不移。泥土的皮肤满是疮疤，难以愈合。水泥路面、架在空中蛛网般的电线、铁皮大门、看门的恶犬、冷眼旁观的摄像头、太阳能、屁股高高翘起的轿车，等等，如同零件，重新组装在一起。这些鱼儿沟以前做梦也不曾见过的东西，如今侵占了整个南坡。北坡，已被夷为平地，一座巨大的工厂，灯火通明，正在生产着什么。矗立而起的烟囱，把夜空戳了一个大洞，比夜色还黑的黑烟，滚滚而出，铺散开来，一些颗粒状的东西带着异味，落了下来，下雨一般。一座连着一座的厂房里，机器轰鸣，大型货车出出进进，红色警示灯不停闪烁。黄色液体如同大地的脓液，从工厂出来，流向了不远处。远处曾是森林，莽莽草木，大海一样，是我们的天堂。现在，留下的树木屈指可数，且都成了枯枝败叶。

这里不再是鱼儿沟了。

可这里不是鱼儿沟又是哪里？那条我们一直没有找到的鱼，不还在水泥里挣扎着吗？它有一颗不死的心。

我带着无限的怀恋和激动，风尘仆仆一路赶来。却换回了满心的失落和疲惫。从此以后，我就再也没有故乡了。大地如此辽阔，可盛不下城市的欲望，也存不下我针尖大的愁绪。城市就像洪水猛兽一样，横扫而来，已经将我吞噬，也已经将鱼儿沟吞噬，我们摔打着尾巴，在干涸的河床上挣扎着，但终究无济于事。下一步，它还将吞噬掉什么？到最后，是不是也会将自己吞噬掉？

我回到了咸城。我无处落脚，也无处可逃。

时间差不多了，铃声又在我的耳边响起。我得尽快翻进墙去，继续当我的骡子。

我在墙外的树荫下，避开摄像头，沿着墙壁使劲往上爬。墙壁的里面用土夯了一层，外面依然是水泥，还涂抹了某种光滑的粉末，手脚爬上去，跟溜冰一样，难以抓住任何东西。我像翻出墙之前那样，在地上弹跳着，跳来跳去，离开地面只有四五十公分，离墙脊远着呢。我想舔点盐土，可没有啊。咸城已经没有一点多余的土了。城市跟鸡蛋壳一样，全部被水泥硬化了起来，就连那些路边的盆花也是用新型的化工材料在喂养，蔬菜也一律用无土栽培，庄稼都在机床上生产。在咸城，除了我的健身房，要找见一撮土，比拾一百万元都难。

我像一只壁虎一样，爬上去，溜下来，爬上去，溜下来。我隐约听见身边那些花儿的嘲笑声，甚至那条骚情的沥青路，伸着黑舌头在我屁股上舔了两口，这真让我恶心、反感。正当我灰心丧气之时，咸城的铃声停止了，六点了，城市醒来了。一辆警车拉着刺耳的警报，闪烁着红蓝灯光，带着刹车声，停在了我身后。

我被警察带走了。

在审讯室，我被强行摁在一个铁椅子上，刚一落座，腰部和手腕就被自动锁定，动弹不得。我眼前坐着两个警察，一个绿头发，胖大，一个蓝胡须，瘦小。绿头发负责讯问。蓝胡须进行记录。绿头发问我姓名、身份证号、住址。我不知该怎么回答它。我是一头骡子，在鱼儿沟时，人们喊我小栗，这不过是因为我的毛色而已。在珍禽馆，我的名字是XC特8888，一串编号，不知是何意义。我是告诉他我叫小栗还是XC特8888。我犹豫不决，最后只好回答不知道。关于我的身份证号，真让人哭笑不得，我他妈一头骡子，只是此刻变成了人，哪有什么身份证号，况且你们人类给我们牲畜身份了吗？我也回答他不知道。关于住址，我更是无可奉告了。我出生在鱼儿沟，可鱼儿沟已经从地球上消失了。它变成了一片别墅和工厂。至于珍禽馆，那压根就不是我的住所，我是被你们咸城人捕获，强行关押在那里被研究被观赏的。

我没有姓名，没有身份证号，没有住址。我是一个"三无"家伙。

绿头发拔掉一根头发，塞进嘴里，吃草一样，咀嚼了一会，又恶狠狠吐到我脸上。厉声说，你对抗审查。又给蓝胡须示意了一下，我坐的椅子突然展开并直立起来，我只能背靠铁板僵硬地站直。绿头发从鼻孔里哼了一声，说，坐着还舒服你了。又接连问，你是从哪里来的？咸城所有人在响铃之后才起床，而你已经爬在珍禽馆的墙上，你想干吗？如实交代，如果说谎，你头顶的红外扫描会立马检测出来提醒我们，不要抱一丝侥幸心理，至于你的身份，不说也罢，很快我们会通过数据中心查明。

我从鱼儿沟来，我要回珍禽馆。红外扫描没有提醒。我说的是真话。

珍禽馆里都他妈是畜生，你是个人，你骗谁啊？你难道是畜生？绿头发把脸抵过来。我闻到他嘴里喷出的金属味，实在难闻。我甚至想伸出舌头，把他满头绿毛像吃草一样，掠进嘴，当麻蒿吃了。

我就是畜生！

这家伙明明撒谎，把我们当傻子，红外扫描怎么不提醒呢？是不是坏掉了。绿头发把脸转给蓝胡须，明显有些恼羞成怒，恶狠狠瞪了一眼，蓝胡须一哆嗦，夹紧偷偷翘起的尾巴，立马朝审讯室一侧的房间走去。

那你是什么畜生？

我是一头骡子！

我刚说完，绿头发哈哈大笑，并骂道，你他妈是不是精神病院溜出来的，开什么国际玩笑，你是讽刺我眼瞎，分不清人和骡子？还是给我表演魔幻剧？你要是一头骡子，那我还说我是一头绿毛蠢猪呢，你信不信？

蓝胡须的尾巴又拖到地上了，他赶忙捡起塞进裤腰，报告道，刘队，一切正常。

玩什么把戏。绿头发拔掉一根头发，塞进我鼻孔，头发在鼻孔里让我瘙痒难忍，我不停打喷嚏，可头发像一条蛇，在鼻孔里越爬越深。他又让蓝胡须把捆绑我的枷锁上紧，我的骨头差点被勒成渣滓了，我像一块破布，挂在铁板上，痛不欲生。

蓝胡须手背上植入的显示屏突然亮了，红灯闪烁，滴滴叫着。他瞅了片刻，略一迟疑，表情瞬间紧张到扭曲，双下巴也抖了起来，跟打快板一样，说，刘队，不好。绿头发从口腔里掏出一副钛合金假牙，一边擦拭，一边正思考着拾掇我的对策，他觉得我没有说真话，在戏弄他，这让他感到羞辱。他在咸城工作半辈子，审讯经验丰富，整治手段毒辣，但这是第一次让他束手无策，他觉得需要用更加阴险的招数，才能驯服我。可天地良心，我说的句句是实话。

什么事？慌慌张张的！

珍禽馆出事了！馆里最珍贵的骡子丢了！蓝胡须的胡须如电击一般，瞬间根根直立起来。他结巴道：需……需要……要马上……马上出警。

我一听珍禽馆报案，警察要开始找我，为了避免接下来的麻烦，也为了光明正大回到珍禽馆，我在枷锁的缝隙里吃力地挤出一句话，我就是那头骡子啊。话音刚落，绿头发便在我脸上扇了一巴掌，我的半张脸瞬间火辣辣的，对，是辣，我已经好久好久不知道辣的滋味了。绿头发骂道，还他妈戏弄我，你是不是没睡醒做梦呢？说完，他点了一下按钮，我的四周立马伸出来四面玻璃墙，我被关在了里面。我大吼大叫，可声音被积压成了一团棉花，轻飘飘，落在了脚面上。

公安部门进入珍禽馆开始调查。整个珍禽馆除了运动区少了一些泥巴之外，其余部分毫无异常，也没有任何蛛丝马迹能查明骡子的下落。要命的是——运动区监控坏了。他们只能看到午夜十二点，骡子从休息区出来，进了运动区，然后瞬间黑屏，瞎了一般。更要命的是——珍禽馆的系统连接不到骡子身上植入的芯片了，也就是说，骡子处于失联状态。

为什么骡子会在十二点醒来？按照珍禽馆规定，所有动物都被设置，休息以后是不会醒来的，直到第二天六点，和市民一起起床。我也不知道为什么。公安部门也不知道为什么。

为什么运动区的监控会坏掉？珍禽馆是咸城极为重要的

部门，监控每天都会进行检修，而且还有应急线路。在这么严格的管控下，竟然也会黑屏，应急线路也会失灵。我也不知道为什么。公安部门也不知道为什么。

至于芯片系统失灵，就更搞不懂为什么了。

这是咸城进入2200年以后遇到的最大谜团。

调查没有进展。公安束手无策。领导龙颜震怒。

作为骡子的我，依旧处于丢失状态。好在运动区墙外的监控是可以看见的。他们调阅发现，在抓获我的地方，有一盆花在走动。通过超清像素比对，在一片叶子缝隙里，发现了那盆花下有一个黑色影子，经过大数据分析研判，跟我的相似度达到百分之一。

警方初步得出结论：我就是那个偷盗骡子的嫌疑人。因为检索所有咸城人昨夜睡眠数据，没有一个人醒来，只有我，这个来历不明者，才能干这件事。而那个黑色影子也同样证明着我的嫌疑身份。

当警方刚得出结论的时候，咸城人听到了另外一条消息：政府以丢失为名，把骡子雪藏起来，不让市民观看了。消息一经传出，人们便走上街头，带着极大的愤怒，开始游行示威，要政府交出骡子。除了游行，在咸城，他们已经没有任何权利。衣食住行睡，思想，性格，脾气，兴趣，夫妻生活，看得见的，看不见的，都已经被完全设置。他们据理力争，才保留了游行这项权利，他们怕失去游行之后，彻底变成动物。人们像河流一样，在街道上汹涌而来，把路上的花花草草携裹着，滚滚而去。人们要求政府把骡子重新放回珍禽馆，供人们参观。因为参观骡子和等待参观骡子，是他们生活中仅有的乐趣和目标了。人们开始试图努力罢睡。当几千万人的脑袋都动起来后，数据中心就显得有点力不从心，难以控制局面了。

最后，还是市长出面澄清事实，保证三日之内破案，一定找到骡子，活要见骡，死要见尸。人们才带着疲倦的身体，回到了各自的抽屉里，刚一躺下，准备再捋捋市长的讲话时，睡眠时间已到，人们一瞬间进入了休眠状态。

他们对我连续审讯，搞得我筋疲力尽，甚至一度把我塞进一个类似冰箱的设备里，对我大脑进行二次扫描，对扫描信息进行分析，可得出的结论仍然是我所说的句句属实。

他们要我交待把骡子藏到哪里了。我已经把该说的都说了，真的无可奉告了。可他们不相信，认为我是信口雌黄，胡说八道，对抗审查。按照咸城的法律，犯盗窃罪，会剥夺人的精神世界。把人送进一个特制的空间里，电磁会将人的精神世界像吸牛奶一样吸干榨尽，人会彻底变成一具行尸走肉。这种消灭人精神世界的刑法，其实跟死刑没有多大区别。如果犯盗窃罪拒不交待犯罪事实，这具行尸走肉就会被做成一件标本，放入耻辱档案馆供人们参观起到警示教育作用。

绿头发已经多次严厉警告过我，如果晚上六点之前还不交待，就要采取措施了。如果你想变成一截朽木头，那我也没办法，反正市中心的档案馆里，已经好多年没添加新标本了。绿头发烦躁不安，敲打着桌子上的烟灰缸，烟灰缸疼得咧嘴却不敢吱声，它知道绿头发的暴脾气，一发火动辄就摔烟灰缸。市长已经给公安局下达了命令，如果三天以后还找不到骡子，公安局长就要引咎辞职。公安局长拍打着桌子，把压力层层传导，最后落到了绿头发和蓝胡须身上。他们像两只替罪的羔羊，只能把狠劲用在我身上。

我被关进了透明屋子，浑身酸痛，肚腹饥饿，最要命的是瞌睡难熬，却不能睡觉，一打盹，我的耳边就响起尖锐的怪异的嚎叫声，把我惊醒。这样反复被惊吓，我会疯掉，为了防止疯掉，我只能强忍着不要睡觉。在珍禽馆时，我渴望做一头自由的骡子，吃草的骡子，奔跑的骡子。现在倒好，我成了一个人，连当一头不自由不吃草不奔跑的骡子的机会也没有了。我开始怀念起珍禽馆里神仙般的日子，他们把我当人一样供着，当宝一样养着，吃喝不愁，无忧无虑。我后悔大半夜翻墙出来去看鱼儿沟，落得这般下场。我真是活该啊。

正当我懊恼不堪时，另外一间屋子门开了，蓝胡须塞进来一个人——竟然是八指。

只有几个时辰不见，他憔悴极了，隔着玻璃，我能看清他头发蓬乱，面色焦黄，一副无精打采的样子。八指顺势倒在墙角坐下，满脸疲惫。我用眼神惊奇地问他：你怎么进来了？八指没有回答，只是咧嘴一笑。虽然隔着玻璃，他明显读懂了我的眼神。我突然想起我现在不是一头骡子，而是一个人，八指怎么会认识我这个人呢。他应该问我你是谁。他没有问。

我不知道该说什么，要不要把情况说清楚。他是博士后，他负责我的日常护理，别人无法理解我从一头骡子变成了人，他肯定能理解。我把事情说清楚，他带我回到珍禽馆，我再变回骡子，这问题不就迎刃而解了。

我刚要张嘴，八指举起手示意我不要说话。他自己开口了。即便有玻璃阻隔，看嘴型，我竟然能知道他在说什么。

你先别说，我给你讲个故事吧。在很久以前，其实也不算太久远，也就是二十多年前吧。在一个小山村，村里有一个牲口贩子，总是把牛啊羊啊马啊驴啊等牲口贩运到城里的屠宰场，被宰杀掉，送进城里人的肚子。贩子挣一个差价和运费，日子也算过得宽绰。有一次，贩子从村里贩了一匹白骡马。原因是马的主人老了，身体不行了，马性子烈，驾驭不了，想换一头蔫牛饲养。白骡马是一匹老马了，送到牲口市场，也没有人买，唯一的出路是贩进城里，宰杀掉，上餐桌。

贩子牵着白骡马，朝城里走去，城里的路，走多半天就能到。行至半路，贩子抽着烟，盘算着该如何和屠宰场的那群吝啬鬼讨价还价，却听见身后有人说话。他吓一跳，转身，身后并没有人，也没有鬼。他才发现是手里牵着的白骡马在说话，心里一惊。他定了定神，看见白骡马的眼睛湿漉漉的，带着祈求之意。贩子从腰包里摸出旱烟锅，点着，猛吸了一口，心里才镇定了下来，问，你刚说啥？我没听清。白骡马甩甩脖子，鬃毛丝绸一般，在空中晃荡，说，我肚里还有一头骡驹，怀了四个月了，你能不能不要把我送到屠宰场，让我生下来，给我的骡驹留一条活路。贩子从鞋帮上磕掉烟灰，沉思了一会，说，不行，你是我花了大价钱贩来的，不卖掉，我折本了，怎么行？再说我也有一大家子人要养活，我老婆肚子里也怀着孩子，等着这笔钱回去用呢。说完，贩子把旱烟锅别回腰包，继续上路。白骒马低下头，双眼含泪，四蹄沉重。

当他们走到一个叫鱼儿沟的地方，落日西沉，天色渐晚。满山奔跑的蓝房子，回到了自家院子。星辰打着喷嚏，从树梢里弹出来，缀满瓷蓝的夜空。贩子决定赶夜路，估计到半夜三四点，就能进城，到了城，在屠宰场门口，稍作休息，一早便能将白骒马处理掉。而挣来的钱，他准备在城里给即将出生的孩子买一套新衣裳、一个拨浪鼓。他正这么想的时候，白骒马猛一挣扎，缰绳脱手。他冲上前去，一把揪住笼头，用肩膀死死顶住白骒马的头，让它难以挣脱。白骒马毕竟老了，也怀有身孕，身子扭拧了一阵，炝了几下后蹄，便败下阵来，鼻孔里喘着粗气。贩子腾出一只手，顺势揪住白骒马一只耳朵，另一只手再把笼头扯紧，这样，白骒马便无脱身之力了。正当贩子换一口气，准备用腰里的麻绳拴住白骒马脖子时，白骒马一扭头，拼命挣脱了贩子的手，顺嘴咬下去，把贩子的两根手指咬断了。

贩子撕心裂肺的叫声，把天空撞出了裂纹，一些星星，掉进去，不见了。

贩子的鲜血，喷泉一般，从断茬处流了出来，沿着鱼儿沟一直流向了远方，满沟的鲜花，开出了紫黑的颜色。

白骒马钻进路边的树林，犹如一股白烟，消失不见了。

从此，贩子就剩八根手指了。你知道他是谁吗？他就是我父亲，老八指，我出生后，和他一样，也是八根手指。当然，如今他已作古，成为往事中的一部分，他一辈子贩卖过太多牲口，且大多都走向了屠宰场。对于每一头牲畜来说，他罪大恶极。但对于他的儿子来说，他又是伟大的，毕竟他抚养我成人，供我念书，最后读到博士。但他留给我的印记却永远难以消弭，这印记是看得见的，诸如我天生缺失的两根手指。也是看不见的，诸如我所感受到的倒在利刃下的生灵的疼痛、挣扎、不舍和绝望。这么多年，我矛盾、痛苦，我想极力照顾好所剩无几的牲畜，特别是你，给你们最优质的服务，我想这样就能减轻父亲所犯下的罪行，也能减弱我那内心深处一声声惨叫。但适得其反，你们对我并无好感，甚至对我的作为产生了厌烦。

说完，他抱住脑袋，缩成一团，不再言语。

过了好久，他抬起头，看着我的眼睛，又说，半年以后，那匹白骡马，找到了我父亲，当然，是在梦里。在我父亲梦里，白骡马来到他身边，它的脖子上还挂着鲜花编织的花环，每一朵花都散发着光芒，如同星星。它更加衰老了，但却显得异常安详平静。它希望父亲谅解它当时咬断了他两根手指，也要求父亲把他送到屠宰场，挣一笔差价，养家糊口。它还说，它的孩子生下了，是一头漂亮极了的小骡驹，有栗色的毛，有清澈的眼，有茁壮的四肢，还有小脾气，虽然尚且年幼，可已经能自己独立生活了。它在鱼儿沟那个地方，过得很开心。

鱼儿沟，花环……我似乎想起了什么……鱼儿沟，花环，幼年，离去的背影……母亲……

我想起了什么，我的内心犹如潮水，翻滚起来，眼眶已被浪花打湿，我想朝鱼儿沟的方向叫一声母亲。

玻璃门哐当一声响了。蓝胡须一副凶神恶煞的样子，吆喝着，把八指押了出去。

我趴在玻璃上，想对他说句什么，可什么也没有说出来，玻璃门沉沉关上了。

公安机关并未从我身上获得什么有效信息，即便严刑逼供。可我真的再无可奉告了，我说的句句属实。如果我编造谎言，承认是我偷走了骡子，扫描仪立马就显示我在说假话。况且，就算我承认了，我从哪里找一头骡子。再退一步，即便真找一头，那我将陷我的同类于不仁不义当中，那岂是我们牲畜的作为。

三天时限越来越近，破案工作几无进展，市民虽没有再上街，但却无心工作，每天心不在焉，情绪低落。市长召开专题会议研究骡子被盗案件，对公安机关办案不力提出严厉批评。但咸城很多工作都是层层传导，层层推诿，最终又落到了绿头发和蓝胡子身上。他们二人今年刚被提拔为公安局刑侦分局科长、副科长，本想好好表现来换取锦绣前程，结果遇到如此棘手的难题。几十个小时内，他们因焦躁、恐慌、无助，头发胡须全掉了。他们本想把头发胡须收集起来，待事后重新栽植，可每一根毛发落下时，都会变成火星子，然后冒一缕黑烟，消失得毫无踪影。

他们从我跟前一无所获，对我失去了兴趣，开始从八指身上寻找突破口。为了加快案件审理，绿头发（他已经是秃子了，我们暂且这么称呼他）申请从大数据库修改了他和蓝胡须（他已经没有胡须了，我们暂且这么称呼他）的作息时间，也修改了八指的。他们一直醒着，不间断审理八指。因为八指是骡子的护理员，骡子失踪，他负主要责任，他应该最清楚骡子的下落。起初，八指闭口不言，什么也没有说。他是咸城最有名的博士，打心眼里看不起这两名莽夫。在所有审讯过程中，他一直歪着脖子，送给他们一个轻蔑的微笑。最后，绿头发让蓝胡须把八指固定在仪器上，仪器三百六十度前后左右旋转。不到一分钟，八指口吐白沫，眼珠外露，晕死过去。蓝胡须又用电把八指击醒，八指在仪器上瑟瑟发抖。绿头发把脸凑过去，厉声嚷道，如果你觉得自己铁打铜铸，那就在摔魂机上躺着，我们会把你二十四小时不间断摔下去，直到把你的魂摔干，没有魂，你就是个废物，别以为你是咸城最有名的博士，我们就不敢给你上摔魂机。八指停止了抖动，四肢酸软，大脑如糨糊。他听说过摔魂机的厉害，这次一试，真他妈名不虚传。他闭着眼睛，像一摊泥，嘴角的泡沫噼里叭啦破碎着。过了片刻，他说，我给你们讲一个故事吧，在很久以前，其实也不算太久远，也就是二十多年前吧。在一个小山村，村里有一个牲口贩子……

绿头发耐着性子听完了，但听完也就听完了，他表情冷漠，眼睛微闭，把一颗颗牙从嘴里抠出来，喷了一层液体，牙齿立马金光闪闪，然后又塞进嘴里。他说，我知道你接下来将要告诉我什么，呵呵，没有人希望在摔魂机上死去活来，你也一样。

八指睁开眼睛，眼角含着泪珠，那颗泪珠里，包裹着一个鱼儿沟，那会跑动的蓝房子、和葵花们捉迷藏的人们、白天飘满彩虹夜间银河起伏的天空、在树林里和花草中跳舞的牲畜，还有一条没有人见过的红色锦鲤。那颗泪珠从眼角滑落后，他慢慢说，让我再见见那个被你们关押的人。绿头发给蓝胡须递了个眼神，蓝胡须把八指放下来，打开门，说：进去吧，只有五分钟时间。

八指进来后，拍了拍我的肩。他没有张口，但我看出了他眼睛里的语言。我们不能张口，因为监听器就在头顶。他用眼神说，我以为你逃掉以后，就再也不会回来了。我知道他认出我了，虽然我不知道他是如何认出我的。我用眼神告诉他，我无处可去，鱼儿沟已经不复存在，也无路可逃，我走不出咸城，即便走出去了，还会进入另一个咸城。

可能是我想得太简单了。他理了理蓬乱的头发，失落极了。我甚至看见他有些飘浮，这可能是因为摔魂机把魂摔掉了一些。据说，人没有魂，就会飘起来，像一只气球，随时要爆，但又难以爆破。

那你把我带回珍禽馆，我啃点土，再摔一下，变回骡子，所有问题不都迎刃而解了，你我再也不用受这折磨了。

他摇摇头，嘴角下垂，满脸悲伤。来不及了，那泥土早已不见了，如今，在咸城，你再也别想找到一撮土，除非你用五十年的时间收集空气中屈指可数的灰尘。他停顿了一会，接着告诉我，事情没那么简单……况且，人和牲畜一样，都是有感情的。

门打开了，蓝胡须招了一下手，嘀咕道，两个男人在一起待着，总让人感觉是同性恋。又提高声音喊道：出来，时间到了。

八指最后承认了，是他重新设置了骡子的芯片，让骡子在午夜醒来，监控也是他关掉的，活动区留出的空间也是故意方便骡子逃走的。他交代结束后，脸上露出了微笑，虽然笑得很苦涩。他知道自己无能为力，不交代，警察们放不过他，会用尽所有手段，最终让他张口，他忍受不了摔魂机，太痛苦，太可怕。

为了确认八指没有撒谎，他们也对八指大脑进行了红外扫描，进过两轮分析，句句属实。他们立马把工作进展汇报给了上级，层层汇报，到了市长跟前，市长因恼怒而黑透的脸，露出了一丝"蓝天"，但又立马合上，他问骡子找到了没？公安局长缩着脖子，胆战心惊，说还没有。市长拍了一下桌子，疼得桌子龇牙咧嘴，骂道，一群蠢货，满城监控，科技如此发达，两天时间了竟然找不到一头骡子，它难道还会飞了？还会莫名消失了？局长接了句，市长放心，我们进一步加大力度，强化措施，靠实责任，一定……闭嘴，别给我打那些官腔。局长吓得一激灵，浑身的肉在发抖。如果再找不到骡子，明天不光免职，还要趴在地上当一头牲畜，看你给咸城市民如何交代。

局长回去后又把压力传导了下去，同样传导下来的还有一句话，如果再找不到骡子，明天不光免职，还要趴在地上当一头牲畜，看你们给咸城市民如何交代。同时，公安局开始对咸城进行地毯式搜索，不放过任何一个角落，如果市民提供一根毛的线索，会奖励十万元，如果发现骡子，会奖励一千万。这一天，咸城市民开始满大街找骡子，哪怕一根毛。人们热火朝天，心劲十足，趴在地上，细细搜寻。沉重如山的压力，压在绿头发、蓝胡须身上，再压，他们就会像石头一样破碎了。他们让八指交代骡子逃走以后的事，八指说逃出去以后，他就不知道了。他真的不知道骡子逃出去以后的事，但他知道骡子变成了人。他交代你们关押的那个人就是骡子。绿头发和蓝胡须苦笑着，说，他妈的，这两个人疯了。

最终，他们主动写了辞职信，因为审讯工作陷入了死胡同，那个嫌疑人说自己是骡子，这个犯罪者也说他说骡子。他们说的都是真话。可他明明是个人啊，难道所有人眼瞎了，还是人跟骡子分不清了，这太荒诞了。他们在几十年的人生最大困局中找不到出口了，他们自感再也无法胜任这份工作，与其被免职，还不如主动辞职。

上级同意了这份辞职信，但给了他们处分，那就是每人打一针，绿头发用头走路，蓝胡须用屁股说话，这已经是莫大的处分，也是咸城最丢人的事。处分，是市长亲自决定的。

市长让公安局把八指带到他办公室。他很客气，给八指倒水，嘘寒问暖，并说你作为咸城最有名的博士，不应该犯那种低级错误，你把骡子放走，是对整个咸城的打击，你伤了咸城市民的心，也让那些没有见过骡子还在排队的人绝望了，你也辜负了我把你当特殊人才引进咸城的一片心意。他点了一根烟，那根烟因为燃烧，发出了惨叫声，烟灰落下后，变成了黑色虫子，排成一列，先后从窗口飞了出去，飘在空中。八指第一次知道原来黑夜是市长制造的。

你在跟整个咸城为敌啊。市长把烟掐灭，烟蒂扭扭屁股，跑进烟灰缸，死了。

市长，我给你讲个故事。八指抬起头，看着市长。

你说吧。

在很久以前，其实也不算太久远，也就是二十多年前吧。在一个小山村，村里有一个牲口贩子……

八指讲完，过了一会，市长笑着问，你想说什么？

八指说，人和牲畜，都是有感情的。

市长从鼻孔里喷出一个哼。

八指说，有些事，你比我清楚。

你回去吧，好好当个真正的博士，后会有期。市长把身体转了过去。

八指并没能回去，他被再一次带到公安局。局长找来一枚硬币，放到八指手心，说了句，你可把我整死了。又指着硬币说，你自己抛吧，如果是正面，就用电磁把你的精神洗掉，如果是反面，就用摔魂机把你的魂摔掉。八指摩挲了一下硬币，问，有什么区别吗？自然有，没有精神后，你沉淀在地上，就像一摊泥，没有魂后，你就飘在空中，就像破塑料袋。八指做出了自己的选择。他知道将会有这一天，但他已经坦然了，在这个薄情寡义的时代，为了感情，值得。他的脸上绽放出了几朵橙色的微笑。

这几天，我一直被关押着，我甚至感觉警察已经把我忘记了，我可能永远要被关在这间玻璃房子了。因为芯片失灵，我又回归到了以前的睡眠时间。醒着时，我后悔自己逃了出来，带来了这么多霉运，如今又回不去了，最痛心的是，因为我，八指没有了自己。睡着后，我又梦见我和八指回到了鱼儿沟，那里的蓝房子在奔跑，葵花在招手，花朵在讲故事，白云在吹肥皂泡，窗台上总是站满绿油油的天使，她们都有一双精致小巧的手。我们在春天的地埂上取一根月光，叼在嘴上，看群山的衣袂在发芽。我们在夏天的午后把雨水串成竹子，挂在脖子上，听风把雨珠吹出了哨子声。我们在秋天的手背上说童年的故事，那故事里的人来到了我们身边，我们一起欢笑、一起哭泣。我们在冬天的屋子里生着火，用采集来的雪花缝制一件过年的新衣，然后给远方不知姓名的朋友蘸着炉火写一份长信。

这样困顿却自由的日子过了没几天，我被押了出来。他们对我做了人脸识别，利用大数据进行分析，没有在咸城市民数据库中找到我的丝毫记录。当然，也没有任何证据能证明我偷了骡子。他们得出的结论是：这个人是个流浪汉，从别的城市流落到了咸城，而且这个人是个疯子。

我被无罪释放了。走在咸城的街道上，我不知道该去哪里。我没有了鱼儿沟，我也回不到珍禽馆。我漫无目的地游走了几天，捡拾点丢弃的食物果腹。我也去了珍禽馆，不过是远远看了看。珍禽馆已重新修缮过了，外面罩着一个严丝合缝的巨大的玻璃罩，玻璃上，显示着我还是骡子的时候录制的视频。十多个监控多层次"盯"着馆内外的任何一丝风吹草动。看了一会，我心里很不是滋味，是该庆幸，还是该难过。我又想起了八指，不知他在哪里。

咸城的市民陷入了轰轰烈烈的找骡子行动中，他们在寻找中得到了极大的快乐和满足，也早已忘记了市长曾经三天时限的许诺。如果实在想骡子了就去珍禽馆看看视频，以解相思之苦。这也是市长最新办成的惠民实事，大家拍手称赞。市长说要全民动员，让它无处藏身，让它暴露痕迹，只要找下去，就一定能找到，要相信自己，相信未来。他还号召大家要发扬不怕苦、不怕死、不怕累的精神，以抓铁有痕、踏石留印的干劲，全身心投入找骡子行动中，并以找骡子行动激发出来的巨大热情，建设咸城，让咸城的明天更美好。市民们双颊绯红、裤裆流汗，极度亢奋地又举行了一次游行。一是表示全力支持市长的英明决策，二是为掀起新一轮找骡子行动鼓劲加油。

无所事事的我，也加入了找骡子的浩大队伍中，跟着他们一寸不落地寻找。整个城市一遍找完了，再来第二遍、第三遍，第四遍……循环往复。当然，市民连一根骡子毛也没找到，但这并不要紧，大家在乎的是那种找的过程和找的感觉。找了一天，到晚上，拖着疲惫之躯，我在马路边倒头就睡。有时，精神好，睡不着，我会手脚着地，像一头牲畜一样，爬着行走，这样好像轻松且自由一些。我开始怀念用四肢行走，而不是两条腿。这样走着，恍惚间我就真把自己当一头骡子了。到了白天，我偶尔也会用四肢走路。咸城不知天高地厚的孩子们，总是朝我扔砖头，他们嚷嚷着，你看那个疯子，走起路来，真像珍禽馆里曾经的那头骡子啊。他们又朝我扔了一堆砖头，嬉笑吵嚷着，四散而去。有时候，我看到飘在天空的一只橙色气球，我想，那可能就是八指吧。但我又担心他变成一摊泥，希望我啃掉，变回骡子。但这仅是我的一厢猜测，我再也见不到八指了。

有一天，久未运行的芯片发出了滴滴声。我收到了一条信息，应该是八指很早以前留下的，大意是说，他知道帮助我逃离以后，会有今天的结局，但如果不帮助，我将会成为市长的腹中餐。按法律，咸城市民早已不能食肉。只有特权阶层才能有权利每月享用一次那些曾经稀有而现在泛滥的动物。至于市长，则另当别论。有人给市长进谏谗言，说是天上的龙肉，地上的骡子肉，吃了骡子肉会长生不老，那样市长你就能一直干下去。市长一听，欣喜过度，他既想长生，想把官一直做下去，又极想尝尝全咸城仅有的一头骡子的肉。他已吃遍世间所有山珍海味，也吃遍了所有牲畜的肉，但他从未尝过骡子的一口肉，这让他的人生不够完美。他决定吃掉骡子，并让八指立即研制一头仿真骡子，通过狸猫换太子，在市民不知不觉中达到目的。八指知道了这件事，他表面答应了，但实际并未按照市长的旨意执行，于是，后面一系列事情接踵而至，难以控制了。读完信息，我心里五味杂陈，但更多的还是无奈和悲伤,在潮水般来往的人群中,我突然想起很久以前,一个贩子和一匹白骡马走在黄昏的门槛上,走着走着,他们就成了两朵云,愈飘愈远。

寻找骡子行动毫无停歇的迹象,甚至热情比起初更为高涨。大家群情激昂、争先恐后,忙碌着,找寻着,我混迹于其中。就这般,日复一日,人们渐渐忘了自己究竟在寻找什么。寻找,成了一种身体本能,成了一种生活常态。或许,在偌大的咸城,只有我知道我在找什么。我在找一头骡子,它就是我。